凌翔　主编

此物醉相思

巍然　著

北京出版集团
北京出版社

图书在版编目（CIP）数据

此物醉相思 / 巍然著 . — 北京 ：北京出版社，
2023. 1
（当代作家精品 / 凌翔主编. 散文卷）
ISBN 978-7-200-17621-6

Ⅰ. ①此… Ⅱ. ①巍… Ⅲ. ①散文集—中国—当代
Ⅳ. ①I267

中国版本图书馆 CIP 数据核字（2022）第 240047 号

当代作家精品·散文卷

此物醉相思
CI WU ZUI XIANGSI

巍然　著

凌翔　主编

出　　版　北京出版集团
　　　　　北京出版社
地　　址　北京北三环中路 6 号
邮　　编　100120
网　　址　www.bph.com.cn
发　　行　北京出版集团
印　　刷　三河市中晟雅豪印务有限公司
经　　销　新华书店
开　　本　710 毫米 ×1000 毫米　1/16
印　　张　14
字　　数　199 千字
版　　次　2023 年 1 月第 1 版
印　　次　2023 年 1 月第 1 次印刷
书　　号　ISBN 978-7-200-17621-6
定　　价　69.80 元

如有印装质量问题，由本社负责调换
质量监督电话　010-58572393

序一　忘却不了的乡愁

文/张新科

如今纯文学受到的关注似乎越来越少，但作家巍然一直坚守着对纯文学的信仰，呈现在读者面前的这部长达40万字的非虚构长篇散文集《袁庄原味》三部曲，就是他利用业余时间潜心多年创作的一系列较为全面、系统、立体地描写当代农村的纯文学作品。

老舍先生曾说："写文章要一句是一句，上下连贯，切不可错用一个字。每逢用一个字，你就要考虑它会起什么作用，人家会往哪里想。写文章的难处，就在这里。"巍然深谙其中之味，他告诉我，这三部文集从构思到初稿再到定稿，断断续续持续了10余年时间，仅最后一次修改就用了半年多时间，主要用在炼字、炼句、炼意甚至炼标点符号上，有的篇章修改的时间甚至超出了初稿的写作时间。这充分彰显了作家的良苦用心及对文字和读者的敬畏。

十年磨一剑，这三部文集不愧为巍然的竭尽心力之作。作家采用抒情诗一样温馨的笔触，多维度回忆，从心灵中过滤出乡村的图景与生活，仿佛立在河边的渔人撒出一张细密的大网，在岁月之河里把往事——打捞了上来，亲人故交、童年野趣、饮食习俗、环境节令、庄稼果蔬、飞鸟家禽、花草树木、农具农事……有如一堆湿淋淋的新鲜鱼虾，欢快地跳跃着呈现在读者面前。它是大地的呈现者，细嗅清新泥土的气息；也是时间的洞察者，静观季节变化的旖旎。读着巍然用心用情凝结的文字，我被字里行间的浓浓乡情与袅袅乡音深深感动。从那蕴藉深厚、激情荡漾的文字里，得到情感的浸润和心灵的慰藉，真是一件快乐之事。

　　这三部文集是鲜活的乡愁，是从记忆之河打捞上岸的永不过期的五味瓶、色彩斑斓的万花筒。它可以带着读者重温童年、故土，回味人类永恒的乡恋情愫。它亲切、自然，会让读者产生共鸣，仿佛邂逅知音，不忍释手。它会勾起没有农村生活经历的读者对田园生活的好奇和对自然与村庄的遐想。作家的笔下，有留恋也有感伤，还有着理性的审视。在巍然眼中，泥土就是泥土，树林就是树林，花草就是花草，颇有点儿乡村风情画的味道。岁月更改，容颜偷换，这一切人世变迁，被定格成某个历史的画面，作家并不加以过多的修饰和评价。他只是带着一丝忧伤和怅惘，站在儿时徜徉的池塘边上，轻轻拾起一粒小石子，朝水里掷过去，然后长久地注视着水面上漾起的小小涟漪，这是一个感受到岁月流逝的成年男子对往昔的深深眷恋。

　　村庄只是一个幌子，更吸引人的却是作者对于村庄的臆想，对自我灵魂的探索，也即所谓的"乡村哲学"。在作家细腻温馨的文字中，其实蕴含着一些中国传统的道德观，比如阴阳更换、草枯叶荣、自然消长、世道轮回。巍然说："将来有一天，这个小村庄会不会从地球上消失？果如斯，我们这些漂泊在外的游子及孩子该到哪里去寻找自己的'根'……城市的每一寸土地，原来也是田园。有一天，它也许还会变成田园。"人类文明的发展，并非以毁坏自然为代价，在城市化的进程中，也未必一定需要摧毁田野的牧歌。巍然的笔下，有留恋，有感伤，但并没有强烈的情绪。偶尔的一点儿评论，也非常质朴，点到即止，让读者去发挥想象。这不仅是作家一个人的乡愁，也是一个时代的乡愁。

巍然的文字舒缓沉着、不紧不慢，体现了很好的心态和写作功底。作家大量采用了白描和细描的手法，分了近20章，每个章节一个主题，清晰明了。第一部《我是风筝你是线》基本是描述人物的，既有亲人，又有邻人，尤其是字里行间流露出的血浓于水的亲情，读来不禁令人潸然泪下；第二部《回忆是条归乡路》基本是描述事情的，巍然虽然在那里只生活了18年，但那期间发生的事情却令他刻骨铭心；第三部《此物醉相思》基本是描述景物的，巍然虽然离开故乡已经30年了，但故乡的风物依然记忆犹新，跃然纸上。这样分类更便于读者阅读。这种对记忆的呈现，看似朴实、平直，甚至有些唠叨的表达，终极目的则是给情感寻找归宿。巍然遵循着审美快乐的原则，过滤了记忆中所有的不快，并在体验中发现了生命的力量，他的文字充满了正能量。有的文章虽较长，但读来让人感到津津有味，欲罢不能；有的只是千字文，却恰到好处，戛然而止，余音绕梁。这使我想到了围棋里的"长考"，而巍然所用的笔法分明就是长考。文章中的每一个字犹如一枚棋子，在"啪"的一声落地时，都是掷地有声，而落下之前却要历经多少跋涉与锤炼呢？！不论是长篇还是短章，篇篇都是直抒胸臆，无遮无掩，尽兴写来，时见率真。我喜欢巍然原汁原味的语言给人带来的那种贴近事物的感觉，像精灵一样悄无声息地带我回到日思夜想的村庄，永志不忘的故园。

作品的思想性、艺术性和可读性已经达到高度统一，尤其在广度与深度上是下了功夫的。作家借袁庄四五十年来的过往反映苏北农村的变迁，内容颇具代表性，可以说是中国农村变革的一个缩影。这三部文集看似农家话题，实则人生课题，堪称近年来农村题材散文的精品，是读者了解当代农村的窗口，也是作者献给中华人民共和国成立73周年的一份礼物。

旧时光景，如今说来，都成梦寐。日影天光，依旧年复一年地照耀着袁庄，而这里的一切都与三四十年前大不一样了。

故乡在哪里？乡愁在哪里？只要读了巍然的这乡土散文三部曲，就能找到答案。

序二　悠悠乡情从心中流过

文 / 钓翁归来

聆听乡音，回望故园，梦逐乡愁，这是当代作家也包括读者甚为钟情、颇易共鸣的题材。乡情文学的源远流长与历久弥新，可以看成人们乡关情结的一种映照、一种托付。思乡怀旧，睹物抒怀，虽时移世易，而乡情文学之脉依然绵延，依然蓬勃。

军旅作家袁巍然，回故乡供职廿载。这期间，文学创作再辟新畴，近年来，诗歌、小说、散文、各类随笔，多有涉猎，佳作迭出。其中，这部长达 40 万字的系列乡情散文，尤为醒目。作家以十年一剑之韧劲儿，倾其力，尽其才，朝夕勤勉，精进不已。作家纵横视野，多向发力，欣然遇见曾经滚打其中的那方泥土散发出浓郁的芬芳，曾经走过的那些河汉山脊呈现着美丽的模样，曾经欢腾的岁月飘荡着醇厚的情愫。乡音、乡情、乡愁交织叠加，连成一片，绘制了一幅幅潇洒俊逸的水墨画，演绎了一曲曲壮阔宏大的乐章。

铮铮步履，是军人的豪迈与气度，也见证着作家精神的振扬。家乡的山水风物、人事过往，无不赋予天然的滋养与创作灵感。或在一个晨曦，或在一个黄昏，或源于一个物象，作家几回狂欢在故园，随想于童年、少年的自由、浪漫，陶然于溪水、山峦的俊朗、飘逸。作家徜徉在抽象的语境里，对往昔生存路径之选择，发出今天的追问，当然也会在父辈的谆谆教导中蓦然醒来。思考跨越时空，留下了太多的故事，太多的色彩，太多的趣味，太多的感动。

天空中没有留下翅膀的痕迹，但鸟儿已经从空中飞过。当作家循着记忆的河床，去深度挖掘那些尘封、那些近乎湮没的过往，再仔细体味那些隽永的意趣，就自然创造出一系列耐人寻味的文字来。

岁月的风铃从故乡的山峦飘响。那回荡云天的山歌，那魂牵梦绕的笛声，那承载着父老乡亲劳烦与艰辛的牛车，那摇向天际、飘向未来的桨橹与芦荻……千般物种，万宗气象，在作家的驾驭下，渐次铺展，灵动而亲切，明丽而深邃。

读这三部文集，对作家更有新的期待。以作家之军旅生涯与地方工作的双重经历，以及对文学的孜孜追求，似当在宽博的视域与情怀下，创造出内容与风格更加多样的乡土文学来。我们期待着。

文集付梓之际，略述感受，以示祝贺。

目 录

第四辑　池塘

第一辑　动物

虫有虫语，人有人言，各自的生命，各自的生存空间，殊途不同归，也是理所当然，生命的长短与生命的意义、价值无关，只要那一段时光过得精彩，就没有什么可遗憾的。

昆虫（一）

在乡村，除了庄稼、草木、牲畜，再就是昆虫了。它们几乎无处不在，天空、水里、土里、草窠里、粪堆里、墙缝里，等等，到处都能看到它们的身影和足迹。它们以全方位的姿态出现在农人的生活里，以自己的方式与农人为邻。

昆虫们有自己的生存之道，甚至有自己的思想哲学。昆虫们也有好坏之分。益虫会与农人相安无事，害虫则会不断侵扰农人，让人恨而远之。尽管如此，它们都是农人的邻居，无法改变与逃避。

如果说惊蛰的到来开启了春天的序幕，一声春雷将地下冬眠的虫子们惊醒，那么端午的到来，就是撑起了仲夏的穹隆，让虫子们肆无忌惮地歌唱，虫子们开始活跃起来了。端午过了，夏天深了，万物进入了生命的繁盛期，多么美好！虫子也是生命体，既然是生命就要赋予它成长空间，况且再大的虫子也挡不住季节的脚步。

夏天至秋天，好几个月里，蜻蜓的家族都在我的老家愉快地生活着。

蜻蜓的家族，有许许多多的种类。从颜色上看，有蓝色的、绿色的、红色的。它们的长相也不尽相同，有的蜻蜓尾巴是细长的，有的却是扁平的。村里最常见的是细长的、红色的蜻蜓；还有一种深绿色的个头较大的蜻蜓。它们好像从来不愿聚在一起，总是独来独往，低低地飞着，在树枝与草叶上稍稍停一下，便向前飞去，要想抓到它们很不容易。

每天太阳升起之前，它们大多会伏在枝条上，等到阳光将落在它们翅膀上的露水晒干，才像战斗机一样轻盈地飞到空中，在晨曦中扇动双翅，翩翩起舞。

它们不停地飞来飞去，在麦场上空，在池塘边上，在高高的树巅，在房檐上、屋顶上……不知疲倦地飞行。黄昏时才纷纷栖落到灌木枝条上，等待黑夜降临。

老家的后院似乎是蜻蜓的集聚栖息之地。房屋与菜园连在一起，菜园的周围是用秫秸夹成的篱笆。每到夏天，碧绿的蔬菜藤蔓爬满篱笆，恣意地疯长。尤其是紫红色的扁豆花从一层层的扁豆叶中探出头来，招蜂惹蝶，逗引着蝴蝶、蜜蜂围绕着它翻飞。从扁豆秧中伸出来的高高低低的秫秸上面，落满了蜻蜓。

蜻蜓的种类有很多。孩子们喜欢捉的是体形比较大的那种蜻蜓：两对翅膀晶莹透亮，上面有彩色的斑点，整个身子色彩艳丽，特别是那圆圆的时时转动的脑袋，显得格外精神。

捉蜻蜓的方法有多种。大多数的孩子喜欢用手捏，蹑手蹑脚，弯着腰悄悄靠近篱笆，手伸出去，刚接近蜻蜓，它却绝尘而去，望着空中盘旋的蜻蜓，满脸失望。

有的蜻蜓似乎故意跟孩子们捉迷藏，只飞出几步远的距离又落了下来。孩子们刚要靠近篱笆，蜻蜓又飘然而去，孩子们呆立在篱笆旁，心里琢磨着自己站在蜻蜓身后，它怎么还会看见呢？！尽管多次失败，孩子们仍不气馁，经过多次努力，最终还是有了收获，将蜻蜓小心翼翼地拿在手里，恐怕它再飞走。

蜻蜓，一个多么好听的名字，没有压抑，没有负重，它应该是一种在自由世界自由飞翔的昆虫，无须承担任何来自外界的压力，自身也没有负担。那薄如蝉翼的翅膀花纹细密、透明、柔软而又不失韧性，没有一点儿累赘，排斥着空气的压强。大眼睛像两盏安装在额头上的探照灯，处处彰显生命的美丽。

蝉又叫知了，有雌雄之分。老家人称蝉的幼虫为知了猴。从知了猴变成蝉仅一两个小时，而从卵到知了猴却需要很长时间。雌蝉是不会叫的，翻过它们的身体，一眼就看得出来，其腹部是平直无缝儿的，而雄蝉有两块不停抖动着的、像铠甲一样的板儿，人一碰到它就叫个不停。有关蝉的介绍已单独成文。

铁牛最爱趴在柳树上，扬着长长的两只角，好像大戏里面的个别人物，身后插着旗子，还要拖出两根翎来，所以我总觉得铁牛很神气。它身上的翅膀似乎很坚硬，且上面有斑点。它的嘴巴很锋利，像一个小小的钳子，如果被夹住会很疼。不过，如果不去故意招惹它，它是不会主动攻击人的。

金龟子爱在榆树上生活。它的嘴巴扁扁的，像一把小铲子。金龟子的背上有花纹，有点儿像地主身上绸缎的纹样。也许是因为穿着像丝绸一样的褂子，所以，它吸树汁的样子看起来很斯文。

毛毛虫有一个很大的家族，有的长着长长的毛，有的长着奇怪的颜色。有时候剥开树皮，可以看到黄黑的一片，令人毛骨悚然。柳树上的毛毛虫身材很小。椿树上的毛毛虫又肥又大，长长的毛，颜色较鲜艳，我每当看到它就即刻竖立起汗毛来，头皮也跟着发麻。如果身上被毛毛虫爬过，就会又疼又痒，甚至红肿，涂抹清凉油之类的药品才能缓解。殊不知，这种既丑陋又可怕的家伙，日后却会变成美丽的蝴蝶，实在让人有些不可思议，这也就是所谓的脱胎换骨吧。

蝗虫可以说是村子里的过客，不常来，但是如果偶尔来一回，整个村庄都会跟着遭殃。越是大旱之年，它们闹得越厉害，成群结队，来势汹汹，借助一阵风，由高空飞来，铺天盖地，霎时间如乌云一般遮盖了村庄的上空，以排山倒海之势将庄稼、草木、蔬菜等啃噬一空。原本绿意盎然的村庄，眨眼间变得萧条灰暗、破败不堪。蝗虫像打家劫舍的坏人，农人们除了悲愤、恐惧和无奈之外，只能眼睁睁地看着蝗虫大军糟蹋庄稼。

有两种虫子长得很相似，即棉铃虫与菜青虫。棉桃里长的虫子，有的浑身碧绿，有的身上带一点儿桃红的颜色，可别小瞧它们，其生命很坚强。从结桃子到收获棉花，要经常打农药，有时把人搞中毒了，它们却好好的。晒棉花的时候，在阳光的照耀下，虫子被晒得到处乱爬，小鸡跟着吃，此时棉铃虫成了可怜虫。菜青虫将蔬菜咬得千疮百孔，专吸青菜的汁水，养得肥头肥脑。由于蔬菜要被人吃，故不敢打太多的农药，尤其是标有"剧毒"字样的农药，所以与棉铃虫相比，它们显得幸运很多。

昆虫（二）

屎壳郎真是个勤奋的家伙，哪里有鲜粪堆，就会拱到哪里。过了农历三月，太阳升起，霞光初照，早起下田的农人总能看到它们勤奋劳作的身影，不知道它们从哪里来，到哪里去。屎壳郎总是头朝下，屁股高高撅起，用几条有力的后腿推着一个个头比它还要大的粪蛋前行，遇见障碍物往往会"人仰马翻"。尽管如此，它们依然锲而不舍，总能想办法绕过去。人们常常被屎壳郎永不放弃的劲头儿、执着、聪明所感动。

屎壳郎是俗称，学名叫蜣螂。《本草纲目》里说："深目高鼻，状如羌胡，背负黑甲，状如武士，故有蜣螂将军之称。"这位"大将军"即使生得再俊逸，再虎背熊腰，再威风凛凛，也始终改变不了那个不相称的小脑袋，而且还有一个不太体面的职业——推粪球儿，尽管其一生恪尽职守，无怨无悔地对待自己的事业。

屎壳郎也有雌雄之分。雌性屎壳郎相貌平平，个头也小；雄性的则头顶上生出黑亮的枝丫来，俨然古代官员的乌纱帽。记得奶奶常说："黑拱黑拱，四十天后吃好饼。"由此可见，它出现离麦子成熟也就很近了。

不承想，小小屎壳郎已经上升到农谚之中。它似乎天生爱与粪便打交道，喜食粪便，对农业有利，是自然界天然的清洁工。

屎壳郎与蚂蚁相比要辛苦多了。因为屎壳郎基本上是单打独斗，根本不像蚂蚁一样成群结队、通力合作。我见得比较多的时候也只有两只屎壳郎。两个小动物要滚一个比自己大好几倍的圆球，且不知路况如何。我试图弄明白它们究竟要把这个庞然大物运到哪里，也好奇它们是怎么把一坨粪便变成一个圆球的。于是，我跟着它们，发现一个倒着拖，一个从后面推，看上去很吃力，也不停下来休息一会儿。小球忽然被一个小石头挡住了，它们急得"抓耳挠腮"，使尽浑身解数，小石头岿然不动。我用小棍儿轻轻地把石头挪开，它们一下子觉得轻松了。小球又开始慢慢往前移动……

在众多的虫子中，蚂蚁是比较勤奋的，也是比较常见的一种昆虫，颜色有黑色、褐色、黄色等几种。它们最爱吃的仿佛是肉类和甜食。蚂蚁喜欢在花间穿梭，顺着藤蔓上上下下，来来回回，忙忙碌碌，不亦乐乎，看来应该知道为谁辛苦为谁忙。我幼时喜欢关注蚂蚁，或立在花间，或对着树木，或蹲在墙脚。总之，有蚂蚁出入的地方，我往往会看上半天。

看蚂蚁上树，看蚂蚁在草叶尖上如履平地，既惊险又神奇。看它们搬家，总是不厌其烦，不知疲倦，一趟又一趟，就像影视剧里的军队在行进，浩浩荡荡，川流不息，有条不紊，爬来爬去。有时候为了搬一个大食物回家，它们"男女老幼"齐上阵，情景实在令人佩服感动。后来我才知道，蚂蚁家族有着严明的等级制度。领导者是蚁后，是一只生殖能力很强的雌蚁，负责产卵，让家族延续下去，与之交配的雄蚁很快就会死去。我们看到的搬运大军只是工蚁，它们辛勤、勇敢，善于步行奔走，虽然是雌性，但没有生殖能力。

有时躺在如茵的草地上仰望苍穹，漫不经心地观察着蓝天白云千姿百态的变化，小蚂蚁便悄悄爬上我的身躯，从手指到胳膊，一路向上攀爬，经过跋涉直至登上我的脑袋，然后在我脸上徘徊着恣肆玩耍，也许是在体验新鲜的感觉，也许是把我的眼睛当成了湖泊，把我的嘴巴当成了深渊，直至爬到我的最高峰——鼻子。机警的小蚂蚁稍作停留便一溜烟撤退了，也许是嗅到了危险的气息，感觉此地不宜久留。

夏天的蚂蚁们，比秋天的看上去显得更有闲情逸致。它们会有充足的时间去做一次短途或长途的旅行。对于它们来说，围绕大树转一圈儿也许就是一次短途旅行，翻越一个小土堆也许就是一次长途旅行。它们总是乐此不疲。我虽不懂蚂蚁的世界，却知道它们是快乐的，透过忙忙碌碌的身影就知道，它们心中充满了希望。蚂蚁也许是乡间活得最悠闲自在的生物了。

蚂蚁有时候也会将家安在农人生活的房间里，比如门后面、墙角处、床底下、柜子下面等地方。选择这么一些地方无疑是聪明之举，既可以遮风避雨，又可以依靠人的残羹冷炙，维持着整个蚁群的生命。农人也基本不会去干预它们的生活，而是整日为了生活而忙碌着。

蚂蚁也许是最团结的一种生物，很少单独行动，集体观念很强。它们依恋窝巢，就像人类依恋家园一样。它们似乎深谙"人心齐，泰山移"的道理，才有了"千里之堤，溃于蚁穴"的说法。这何尝不是蚂蚁钉子精神的真实写照呢？！由此可见，生命的渺小、体力的单薄并没有什么可怕，甚至命运的卑微也不能决断什么，可怕的是忽视了微薄的力量，懈怠了潜在的精神。蚂蚁是那么娇小柔弱，却有一种锲而不舍的精神，不达目的绝不放弃，它们齐心协力，不怕困难，信念不失，互帮互助，群策群力，众志成城。由于敬重卑微，使我把生命看得严肃，看得深刻，看得伟大而顽强。蚂蚁像一根细小的针，以它自己的精神穿过我孱弱的外表，刺痛我的灵魂。与蚂蚁相比，人类还有什么理由言渺小、说卑微，还有什么理由自暴自弃、玩世不恭呢？！

有灯光的地方，最招蛾子，故有"蛾子扑火，自找灭亡"之说。尤其是夏天，在室外挂起的灯发出亮光以后会引来很多的灰蛾子，有时多得令人惊讶。夏天小麦很容易生蛾子。麦蛾子没有蚊子那样轻盈的舞姿，也不像苍蝇那样肆无忌惮地乱飞，而是像醉汉一样东倒西歪，同样让人厌恶。它看上去很傻很笨拙，其实很聪明狡黠，入侵的能力很强大，似乎没有到达不了的粮食堆。如把它处死，沾在手上就会有光滑的油腻感，且泛着亮光。夏天，常常看见它们在粮食堆里爬来爬去。平时它们藏在哪里呢？又在干什么呢？这些我都不得而知，只是在冬天，常常看见一个白白的呈椭圆形的丝包贴在墙壁上，剥开来，就可以看到它在里面冬眠。

萤火虫堪称夏夜的精灵。它们聚散飞扬，聚是一团亮光，散是无数星光。萤火虫在夏夜里舞蹈，美丽绝伦，让人迷醉。它是一种很小的昆虫，红红的头，一对黑色的翅膀，黄褐色的身体，腹部末端有一发光器官。它在夜里飞行，特别显眼，屁股后面闪出亮晶晶的蓝光，很是好看。有句儿歌："萤火虫亮晶晶，飞到西来飞到东，一飞飞进花丛中。"骆宾王在《萤火赋》中赞美萤火虫"类君子之有道，入暗室而不欺"，意为明人不做暗事，君子之风要光明磊落。人们常用"囊萤映雪"的故事来隐喻苦读。萤火虫用生命点燃光明，把光亮奉献给了人间。萤火虫在夏夜的草地上低飞，发出柔和而明亮的光，殷勤地照着花草的世界，更在人们的心灵深处点亮了一盏明灯。萤火虫生活在腐草中，却与光明同在，而且生命极其短暂，想来的确有些可惜。

昆虫（三）

　　蟋蟀，又称蛐蛐儿、促织等，一个朗朗上口，一个风雅别致。蟋蟀也许是最古老的昆虫之一了吧，据说已经有 1.4 亿年的生存史了。蟋蟀的头是圆的，胸部略宽，丝状触角细长易断。有的大颚发达，擅长咬斗。前足和中足相似并同长，后足发达，善跳跃，尾部较长，走起路来一蹦一跳。每当黄昏时分，那些躲在草窠里、墙根下、瓦砾中、石缝儿里的蛐蛐儿们，便开始此起彼伏地欢唱。声音悠扬悦耳、激荡振奋的肯定是猛将；反之，声音凄厉细弱、有气无力的绝非良才。蟋蟀的优劣全凭声音来判断。蟋蟀像一群合唱者，在歌颂着夏夜。原本单调的夜，有了它们的歌声就不再那么单调，有了一丝生气。我与小伙伴们经常追寻着声音，捕捉它们，将其放到水桶里面，让它们相互打斗。这给我们带来了无穷的乐趣。

　　蝈蝈儿也许是虫子家族里长得最漂亮的，全身呈碧绿或黄绿色，头大，有两根长长的触角，颜面近平直，触角褐色、丝状、长度超过身体，后足发达，是一个跳远健将。雄性蝈蝈儿具有发音器，以左、右两翅相互摩擦发音。发音主要为了招引不发音的雌性。烈日炎炎的夏天，田野一望无垠，农作物疯长，生活在农作物中的雄蝈蝈儿不知疲倦地叫着，此起彼伏，仿佛赛歌会。它喜欢进入农人家里，有时夜深人静之时便可听其低吟浅唱。早在春秋时期，大思想家孔子删定的《诗经》中就有"十月蟋蟀入我床下"之句，可见已形成蝈蝈儿文化。南宋宰相贾似道著作《促织经》开历代虫经虫谱之先河，成为养虫者的经典专著。

孩子们喜欢捉蝈蝈儿玩儿。捉蝈蝈儿是秋天里很有趣的一件事情。天高云淡，高粱涨红了脸，稻子笑弯了腰，空气中弥漫着收获的气息。蝈蝈儿和着秋季的天籁之音唱起了欢歌。逮蝈蝈儿并非易事，需要技巧。因为蝈蝈儿很机灵，很小的声音都能听到，一有动静，叫声立即停止。加之蝈蝈儿的颜色又是草绿色，趴在草丛里，和青草混为一体，极难分辨。

首先要听声音，声音大说明蝈蝈儿的个头大、身体壮。循着蝈蝈儿的鸣叫，悄悄走过去，尽管小心翼翼，蹑手蹑脚，叫声还是会戛然而止，只好蹲下来耐心等到蝈蝈儿再叫时，接着寻找具体方位。等到慢慢靠近且看清具体位置时，动作要迅速，方位要精准，方可擒获。就这样，一群半大的孩子在庄稼地里埋伏、包抄、围追堵截，几乎十八般武艺全都用上了。

蝈蝈儿有锋利的牙齿，看起来像锯齿。逮住它时，它会拼命挣扎并使劲儿咬手，尽管有些痛，但不会破皮。把蝈蝈儿小心翼翼地装进事先准备好的用秫秸编制成的笼子里，就可以兴高采烈地把它带回家。没有庄稼映衬的蝈蝈儿显得更加油绿发亮，背部那一抹褐色格外扎眼。它在里面一会儿歇息，一会儿叫着，声音听起来有些孤单。人们饲养蝈蝈儿主要用来消遣娱乐，促进身心健康。

天气渐暖的时候，枯黄的草色中刚露出一点儿绿意，小蚂蚱就出现了。它善于蹦跳，颜色与地皮近似，故寻觅起来有些难度，如果不盯紧，很难发现它。

到了夏天，蚂蚱数量多起来了，种类也多了。其实，初秋才是逮蚂蚱的旺季，此时的蚂蚱最肥。田野里、马路上、房前屋后到处都是。个头或大或小、或胖或瘦，颜色或黄或绿、或深或浅，具体名字叫不上来，都统称为蚂蚱。有的蚂蚱个头短粗，灰褐色，似乎蹦不起来，最适宜逮。有的不光体形大，眼睛也大，头上还有一对摇摆不定的长须，跟雷达似的。它目光灵敏，不容易靠近，而且两只强健有力的后腿上有齿，逮时要格外小心，先把它两只后腿掐住，否则就有可能被腿上尖利的齿划破手指。有的则通身是绿，身材狭长，甚至超过人的手指，眼睛也是长形的。它善于飞，飞起时可见翅羽下的红色内衣，逮它时需从身后悄悄捏住翅羽。

孩子在逮蚂蚱的过程中，不仅学到了知识，也寻找到了乐趣。蚂蚱的大小和颜色都有很大的差异，黄色、绿色，身体微小的居多，个头大些的多为绿色，也较难捕捉。对付各种蚂蚱，要采取不同的捕捉方法。比如逮善于蹦跳的蚂蚱，就要将扬起的小手做钟形往下扣，在它将要蹦起的一刹那，照准其头顶扣下去，大多会成功。对善飞的蚂蚱，一定进行死追，一次逮不成，追上几次，它也就飞不远了，最后落入囊中。

秋天是收获的季节，等到颗粒归仓的时候，农人的脸上露出丰收的喜悦。而此时蚂蚱的日子却一天比一天难熬了。雌性把子产下，为下一年生命的延续做好准备，而自己瘪着肚子，丧失了元气，其生命将会很快消亡。俗话说"秋后的蚂蚱——没有几天（蹦跶）了"，是它真实的写照。这时候蚂蚱在田间地头到处可见，犹如惊弓之鸟，惶惶不可终日。这时只要手指紧紧地并拢，形成一个严实隆起的盖子，悄悄靠近它迅速一盖，蚂蚱便在黑暗的手中乱蹦，抓挠得手心痒痒的，再轻轻一攥，它便成为手中之物。

豆虫，学名豆天蛾，顾名思义是黄豆上生长的昆虫，专以吃豆叶、饮甘露为生的一种软体小生物。它跟桑蚕的长相以及生活习性都有些相似，但本性却大相径庭。豆虫只是贪婪地啃噬庄稼，被视为害虫。谁知过去被视为害虫的，如今却上了餐桌，成为一种佳肴，因为它高蛋白低脂肪，富含多种人体无法合成的氨基酸。

由于桑蚕给人们贡献蚕丝，故被视为宝贝。一片片阔大嫩绿的桑叶散发着蓬勃的绿，绿色的水系在其叶脉里奔流。蚕吃着这样的桑叶，发出沙沙的响声，使人产生敬畏之感。吐出的银色的丝是那样的柔软，缠绕着农人的日子倍感温暖。结出的洁白的茧，仿佛爱的升华，生命的延续和希望。人们除了精心采摘桑叶喂养，还用"春蚕到死丝方尽，蜡炬成灰泪始干"的诗句来讴歌桑蚕的牺牲奉献精神。

蜜蜂可以说是昆虫家族中最勤劳的成员。每年春天，槐花盛开的季节，便会有外乡的放蜂人进驻村庄附近的槐树相对较密的树林。他们携带着蜂箱、帐篷、锅碗瓢盆等用品，跋山涉水，背井离乡，流落四方，以采蜜为生。小蜜蜂每天从蜂箱里频繁进进出出，在花丛中飞来飞去不知疲倦，落在花上爬来爬去，快乐地张合着口器。正如罗隐的诗句："不论平地与山尖，无限风光尽被占。采得百花成蜜后，为谁辛苦为谁甜？"赞美了蜜蜂辛勤劳动的高尚品格。听放蜂人讲，蜜蜂采花期间不喂食，只在越冬时喂少许蔗糖维持生命。蜜蜂索取的少，奉献的多，可谓是天下最勤奋的劳动者。

马蜂爱在树枝、窗户或屋檐下做窝安家，常常影响到人们的正常生活。人们处处都要提防着，稍有不注意，就会遭到它的攻击。它永远不让人们与之近距离接触。无论是无意中触碰到它还是故意侵犯它，必被蜇无疑。这种御侮之举，叫人敬畏。

昆虫（四）

最烦人的是蚊子和苍蝇，可以说是人类的"敌人"。蚊子飞飞停停，还不时叮咬一下人，人恨得牙根痒痒，可是很难捉到它们。如能拍死一只蚊子，也不失为一种小快感。

苍蝇不讲究卫生，是传播疾病的高手。好东西、坏东西它都爱叮，而且好东西与坏东西互相叮。比如，它飞到厕所或其他龌龊的地方，又会飞到厨房，实在令人厌烦、恶心。尤其是夏天，苍蝇更是大量繁殖，有时是黑压压的一片，当有人驱赶它们时，"嗡"的一声飞起来，没有去路似的飞绕了一圈儿，又返回原处，伸出两只后脚慢慢地搓着，好像心事很重且又很无奈的样子。

蚊子可谓臭名昭著。试问谁没有被它的嗡嗡声打扰过睡眠，谁没有被它吸过血？时至今日，人类为了把它斩尽杀绝，都用上了"生化武器"。然而，蚊子依然生生不息。蚊子除了传播疾病，更主要的危害是吸人的血。它常在夜间行动，"峨眉刺"很锋利，是名副其实的刺客——一针见血。这些刺客都是"女侠"。得手后的几天里，它们会静静地找一个地方，产下几十甚至上百颗卵。

夏天，如果不采取防范措施，比如悬挂蚊帐、喷洒药物等，真是无法安然入睡。蚊子也喜欢挑三拣四，爱叮咬细皮嫩肉的小孩子和年轻女人，往往一叮咬就会鼓起一个包。据生物学家研究发现，蚊子能顺着人呼出的二氧化碳找过来，再根据人身上的湿度和温度来判断是否适合发动攻击。攻击时它会先给人注射麻醉剂，然后用锯齿刀一样的下颚刺开人的皮肤，找到人皮下的毛细血管，注射鲜血抗凝剂，最后才开始"畅饮"。

有一夜，我睡前把蚊帐整理得很严实，结果手指头上还是被叮咬了一个包，奇痒难耐，醒来抓痒，气愤难当，决定开灯逮蚊子。首先是观察地形。发现蚊帐一角有一个缝隙，可能是我睡觉时不小心蹬开了，赶紧堵好缺口，生怕那个咬我的家伙逃跑。其次是寻找蚊子。结果在蚊帐的顶部角落里发现了那个贪婪的家伙，吃饱喝足之后，大腹便便，趴在那里纹丝不动，丝毫没有想逃离的迹象。我悄悄逼近后双手靠拢，慢慢合围，出其不意，攻其不备，也许是它喝得实在太饱了，或动作迟缓，或放松警惕，结果被我双掌击毙。就这样，在一次又一次与蚊子的斗争中，我不停地茁壮成长，直至离开故乡。

很多人喜欢蝴蝶，因为它长着一双美丽的翅膀。"儿童急走追黄蝶，飞入菜花无处寻。"在一望无际的开放着金黄色花的菜田间，或杂生着不可数的无名野花的草地上，大的小的蝴蝶在那里飞舞着，姿态轻盈，飞来飞去，花蝶相映，动静有致。蝴蝶停下来，翅膀合拢不动，或者小频率轻轻扇动，把大自然的景色点缀得更加妖娆。

其实，对蝴蝶留下深刻印象的还是在教科书上学到的《澜沧江边的蝴蝶会》一文，其中的部分内容我至今记忆犹新。有一段很精彩的描述："泉上大树，当四月初，即发花如蛱蝶，须翅栩然，与生蝶无异，又有真蝶千万。连须钩足，自树巅倒悬而下，及于泉面，缤纷络绎，五色焕然……"于是，蝴蝶泉成了我魂牵梦绕的地方。时隔20余年，我终于如愿以偿,圆了蝴蝶梦。那年夏末,我随团到了云南大理的蝴蝶泉。然而,眼前的情景令我大失所望,虽游人如织,但徐霞客所描述的景观早已不存在,只留下导游小姐在那里依然编织着美丽的"谎言"。面对现实我在思考,也许凡是到过那里的游客都会思考。蝴蝶这个原本是上天赐予大自然的精灵,因为人为破坏,导致了生态的严重失衡,人间奇观的毁灭。人们是否到了该觉醒的时候了?

还有一些虫子,我叫不上它们的名字。不论是益虫还是害虫,它们都有着同样的生活规律:天气变冷,一岁虫鸣即将结束,季节更替势在必行,它们很快会销声匿迹。而春天一来,又会悄然出现。昆虫们以其特有的方式生存着,延续着自己的种族,在这到处充满挑战和风险的世界中努力而顽强地生存着,周而复始,生生不息。

有些虫子常常会浪费我的很多光阴,因为我会拿出大块的时间关注它们,比如看它们爬树、觅食、搬家、劳作、进食以及打架等。还会与个别昆虫互动,故意挑逗它们。昆虫们有自己的快乐,我也有自己的快乐,昆虫并非以我为快乐,我却以昆虫为快乐。从这种意义上讲,我应该感谢昆虫。尤其是那些会唱歌的小虫子,它们是乡村的乐手,在月光下欢快地吟诵着"诗句",我虽然不懂它们在说什么,但是能感受到它们内心的快乐,不装腔作势,不焦虑,不抑郁,生命虽然短暂,但活得开心洒脱,用毕生的精力唱出大地上最永恒的乐章。

虫子的寿命大多不长,有的只一夏绝命,有的只几天变老,更有的只活了几个小时,就把一辈子的路都走完了。想来有些沮丧,那么短暂就是一生,再想想又释然。其实,每一种生物的生命周期都是有规律可循的,其生命都有着不可替代的位置,都有着各自存在的意义。虫有虫语,人有人言,各自的生命,各自的生存空间,殊途不同归,也是理所当然,生命的长短与生命的意义、价值无关,只要那一段时光过得精彩,就没有什么可遗憾的。

飞鸟（一）

童年的清晨总是在一片啁啾中醒来。

村庄里的鸟儿大约跟村庄里的人一样，生生世世都住在这里。或许它们曾经有过迁徙的经历，从南方到北方，或从北方到南方。谁也不知道这些鸟从哪里来，在飞行的过程中又经历了什么，为什么会选择生活在我们村庄，而另外一些却选择了邻村，它们是否也有亲朋好友间的礼尚往来。这些问题，童年的我曾经思考过，但没有得到确切的答案。我喜欢抬头看它们在枝头叽叽喳喳地热烈交谈，虽然听不懂它们的私语，却看得出它们是兴奋的、甜蜜的。

老家的飞鸟屈指一算也不算少。其中有几种是候鸟，如布谷鸟、大雁等，只是在上空盘旋鸣叫，栖息的情况很少，随季节迁徙，因此，不能真正算是老家的飞鸟。尽管如此，有的还是给我留下了深刻的印象。比如大雁飞翔时，头和颈部直直地伸向前方，一双大翅膀有节奏地拍打着，它们匆匆飞入村庄，又风尘仆仆地离去，排成"人"字形或"一"字形，来回变换，显示出循环往复之美，再配以一碧如洗的晴空或阴云漠漠的黄昏，将宁静单调的乡村渲染得极富诗情画意。

有的鸟儿寒冬酷暑都不离开，真正称得上喜欢这个地方，否则就不回来了。这些鸟儿也可以说是村庄的成员。

清晨在鸡鸣中醒来，村庄中的小鸟也似乎不甘示弱，叽叽喳喳叫个不停，倒像是雄壮昂扬的协奏曲。一群鸟儿站在朝阳中的树枝上，太阳再升高一点儿，它们就纷纷飞向天空，等到晚上才回到村子里夜宿，正可谓"山气日夕佳，飞鸟相与还"。村庄里繁茂的树林、房屋，就成了鸟儿的家。

人们常说春江水暖鸭先知。其实最早知冷知热的还是燕子。燕子是一种美丽的候鸟，一身乌黑光亮的羽毛，一对轻快俊俏的翅膀，一条形似剪刀的尾巴。上古时期的人们称燕子为玄鸟，玄即黑，从颜色着眼，极为鲜明美妙。天气乍暖还寒时，燕子已开始从南方飞回苏北大地了，它们带着喜悦的心情扇动着翅膀，飞越万水千山。此时，节气已到了春分。年年此时燕归来。

燕子似乎不知疲倦，总是在飞，一会儿箭一般贴墙飞行，一会儿垂直升空，一会儿翼不振翅在风中滑翔，那迅疾的黑色身影一闪而过。当人注目追寻时，它早已成为空中灵动的音符。燕子于一年中最明媚的春光里穿梭于大自然和人间，飞累了就爱在电线上休憩，点缀成一串又一串灵动的音符，似乎正在上演一曲美妙动听的春之交响曲，又仿佛是一只看不见的巨手，舞动笔墨，在巨大的宣纸上留下神来之笔。

"无可奈何花落去，似曾相识燕归来。"燕子有着惊人的记忆力，无论迁徙多远，哪怕隔着千山万水，也能够凭借自己特殊的才能返回故乡。燕子的来去像春来秋去一样遵循着自然的法则。作为候鸟，它是与人们接触最亲密、最融洽的，也是相处时间较长的。可以说，燕子是唯一大方地和人类住在一起的鸟，而且把家安在屋檐下，衔泥垒窝，生儿育女，随便出入，备受呵护。

"片片仙云来渡水，双双燕子共衔泥。"燕子三三两两往返穿梭于沟渠、河流的岸边，衔起细细黏黏的泥土。它们将吃到嘴里的泥巴吐出来，摆放工整有序，就这样垒垒停停、停停垒垒，一天天、一口口，慢慢地，一个温馨的家就竣工了。燕子还会为新家装修一番，在里面铺上柔软的羽毛或干草。可见，搭建一个坚固的窝巢从开始动工到竣工要付出多么艰辛的劳动。大功告成后，不时有同伴来参观，呢喃细语说个不停，仿佛亲朋好友在为其新居燎锅底。

　　燕子们便开始在这个小巢里生儿育女，繁衍下一代，当然也是为自己营造一个温馨的家。雏燕饿了嗷嗷待哺时，煞是好看，都张着黄黄的小嘴，等着自己的爸爸妈妈喂食。在那些日子里，只见燕子夫妻俩整天忙不停地一趟又一趟外出觅食。大燕子给雏燕喂食很有特色，不是蹲坐在巢沿儿，而是扑棱着翅膀，欲飞又止的样子，宛如直升机一样悬浮在巢前将食物喂入儿女口中，而且确保每一个孩子都要吃好。做了父母的燕子，责无旁贷地肩负起养育后代的使命，勤劳而充满母性的温柔让人感动。于是，谁家的燕子开始筑巢，谁家的燕子哺出新燕，谁家的新燕开始试飞……就像喜欢谈论天气和庄稼的收成一样，燕子们的生活细节往往成为农人闲暇时谈论的话题。孕育之后是养育，养育的同时又孕育。燕子和人一样，为莫名的、承诺的、未曾承诺的践约，终生履行、付出，在地老天荒中走向生命的尽头。

　　村庄里没有人奇怪燕子的到来，昔日王谢堂前的燕子如今已经随便进入寻常百姓家了，它爱进哪家进哪家，随便进出每一家院门，而且没有征得主人的同意便开始安营扎寨了。这在秦韬玉的《燕子》诗中得到了具体体现："不知大厦许栖无，频已衔泥到座隅。曾与佳人并头语，几回抛却绣工夫。"对于燕子来说，这是无比的礼遇与荣耀，因为在鸟类当中也只有它那么无拘无束。

燕子与人同出入一道门，甚至说是与人同居。尽管如此，两者还是相安无事，相互体贴，相互信赖，人尽可能给燕子提供方便。有一年，从窝里忽然掉下一只羽翼未丰的小燕子，差点儿落入猫口，样子甚是可怜。父亲将它小心地放进一个纸盒里，在我的帮助下借着梯子又把它送回窝里去。那对老燕子吓得飞出去又绕回来，边哀鸣边不停地张望，待父亲移开梯子后才仿佛明白过来，飞到窝里与失而复得的孩子叽叽喳喳叫着，仿佛是在安慰孩子，全家团聚了显然都很高兴。之所以出现这一和谐局面，我认为，首先是人们有一颗宽容的心，其次是它不与人们争食，而且还能帮助人们消灭害虫，是益鸟。

燕子还是义务气象员，人们常说燕子低飞要下雨。还有儿歌"小燕子，穿花衣，年年春天来这里"。燕子回归，给人们送来春的资讯。表面上看，燕子去南方过冬是为了躲避寒冷，其实是为了养家糊口，因为北方的冬季没有可供燕子捕捉的虫子，所以燕子不得不每年都要来一次南北大迁徙。

在中国古代，燕子被视为吉祥之物。《诗经·商颂·玄鸟》云："天命玄鸟，降而生商，宅殷土芒芒。"意思是说商族是由玄鸟坠卵而生。《楚辞·离骚》中也有注解："玄鸟，燕也。"也就是说，玄鸟是燕子。

南朝江总对自家梁上的小燕子爱如子女，曾以其芳艳之笔，细细勾画出小燕子的活泼之态，"二月春晖晖，双燕理毛衣……或在堂间戏，多从幕上飞……"。南宋诗人陆游有著名的《燕》诗："初见梁间牖户新，衔泥已复哺雏频。只愁去远归来晚，不怕飞低打着人。"还有杜甫的《归燕》"故巢傥未毁，会傍主人飞"，将小燕子喜爱家园、依恋巢穴和与主人亲密无间的关系描绘得淋漓尽致。在中国画里，也不乏燕子的身影。由此可见人们对燕子的情有独钟。燕子象征着美好、温暖、和谐与自由，是上苍给予人类的美丽馈赠，所以，燕子长久地存在于人类的文化记忆中。人们打心眼儿里热爱燕子，也许是爱屋及乌的缘故，村庄里的很多女孩子都叫燕子，燕子的身上有着庄稼人最美好的精神寄托。

"燕子来时新社，梨花落后清明。"燕子是春的音符，也是春天的使者，更是农人的朋友。

飞鸟（二）

麻雀在这些鸟中是最常见的，也是数量最多的。它们成群结队过着热闹的群居生活，好像世世代代就在那里，无须人的供养，也不需要上天的恩泽，只要有大片大片的田地，哪怕是寒冬腊月，冰天雪地，照样顽强地生活着。麻雀的毛色和嗓音都不好，可谓貌不惊人、声不迷人。尽管如此，它们却不在乎，一天到晚叽叽喳喳，仿佛永远不知道疲倦，真是个天生的乐天派。麻雀爱在屋檐下或墙洞筑窝，与人同一个屋顶遮风挡雨，朝夕相见，世代厮守，人雀两旺，共享太平，故人送昵称"家雀"，可见关系是何等亲密。

麻雀天性爱动，难得有静下来的时候，就连在地上走，也不是斯斯文文地迈步，而是双爪一齐跳，故有"雀跃"一词。麻雀喜欢成群却又显得很自私，常常为一点点食物争吵，甚至大动干戈；有时又显得很仁爱，遇见比较多的食物，会呼朋唤友，叫来大家分享。

麻雀虽小，胆量却很大。有人认为，只要人们一挥手，一吆喝，它们就会"呼啦"一声飞开了，实则不然，这只能对付年轻的麻雀，老麻雀则是爱搭不理，非常淡定，或者只是佯装害怕，挪挪位置而已，绝不会远走高飞。老麻雀深谙人的什么动作会构成威胁，甚至能判断出人的善意或恶意。每到麦收时节，地里往往要放上几个甚至十几个稻草人，稻草人多使用棍子呈"十"字形捆绑而成，顶端戴上一个破旧的帽子，穿上一件破旧的衣衫，或者捆绑上一些破旧的塑料布，看上去有点儿人样，风吹的时候，就有花花绿绿的衣袖在那里机械地舞动，好像是人在驱赶前来啄食的鸟儿，其实根本起不了多大作用。

等到将收获的麦子集中到麦场的时候，草垛上常常集合一群麻雀，见到人来，就席卷一般地低飞起来，往前几十米，又落下来。收获的季节对于麻雀来说无异于过年，到处都是好吃的食物，自然是兴奋不已。这时大都要有人来看着，发现麻雀后挥舞着竹竿子去撵，麻雀们这时才机警而迅捷地飞到较远且认为已经伤害不到自己的地方张望，小眼睛滴溜溜乱转，乘人不备再次光顾，还七嘴八舌地叫着，好像在数落人们的吝啬。如此反复，跟人捉迷藏，大有敌进我退，敌退我扰的势头。其实，现在想来这些小家伙又能吃掉多少麦子呢？

麻雀在乡下最好的朋友应该是家鸡了吧，因为麻雀几乎每天都可以沾上鸡的光。早晨农人们起床做的第一件事就是到院子里撒些粮食喂鸡。麻雀的眼睛很尖，比鸡的速度还要快，从院子里的大树上呼啦一下全飞下来，开始毫不客气地猛吃，全然不顾身材要比它们高人好多倍的鸡们。对于占了上风的麻雀，鸡们也似乎显得很大度，不去驱逐更不会去伤害它们，甚至在外围捡拾麻雀吃剩下的粮食吃。等到麻雀们吃饱了，便一个个飞到墙头上或枝头上，蓬松着羽毛，晒着暖阳，眯着双眼休憩。那一刻，仿佛整个世界都是它们的。

麻雀不容易被捉到，偶尔被捉到也主要是嘴馋惹的祸。它们有时盲从、轻信，也是出于无奈。比如等到下大雪的时候，麻雀的日子很难过，仿佛变得沉默寡言起来，偶尔开口也是那么低调，全然没有往日快人快语的激情。天冷倒不是大问题，有可以膨胀的羽毛，主要困难是很难寻觅过冬的食物，这时有些人似乎有点儿乘人之危，开始诱捕它们。

扫出一块儿空地来，撒上一点儿麦子，如筷子般长的小棍儿支起一个直径约一米的箩筐，木棍儿下端拴着长长的绳子，等着麻雀们吃嗟来之食。不过，它们在院子里寻觅食物的时候，并不会莽撞地看到吃的便冲过去，轻易中诱捕者的埋伏，只有那么一两只，试探性地进入埋伏圈的边缘，便立刻机警地退出，似乎与人开始了心理较量。此时，人如果沉不住气，急于求成反而不会捕获成功，所以有时等上半天时间，还是会一无所获。筐子里面空荡荡的，食物倒是被偷吃了不少。越是放松心理，抱着无所谓的态度，反而越可以逮住，于是就成了"鸟为食亡"的真实写照。人们会将逮住的麻雀关在笼子里，或者用绳子将它的一只腿拴住，想作为宠物喂养，谁知成年的麻雀"气性大"，是不可能被驯化的，宁愿死也不会投降。我亲眼看到过宁愿饿死，也不肯吃上一粒撒在笼子里的粮食的麻雀。"不自由，毋宁死"的誓言在麻雀身上得到了体现，我曾对麻雀的宁死不屈和坚韧有所触动。

儿时，我和小伙伴们掏过许多麻雀窝，麻雀窝多在屋檐下，窝里都是些幼小的麻雀。我们人矮小，自然够不着，于是就找来长长的竹梯，合伙抬至屋檐下，对准有鸟粪的位置，轻轻架好，蹑手蹑脚地爬上去，至能够掏得到的高度，迅速地将手伸进雀窝。麻雀在窝里乱作一团，有的边"叽叽喳喳"边扑腾，有的甚至用尖嘴来啄我们的小手，有的也会侥幸逃脱，但大多数还是挣扎着被擒，成为我们的"战利品"。

有一次，我掏到一只幼雀，嘴尖嫩黄嫩黄的，身上的羽毛尚未长全，有的部位裸露着皮肉，毛茸茸、热乎乎的，煞是可爱，让我心生恻隐，于是小心翼翼地用手捧着，捂在胸前，到家后找了个纸盒，四周开了几个小孔，再垫上些棉絮，给它安好了家。刚开始小家伙有些胆怯，出于自我保护的本能拼命躲避我。久而久之，见我没有伤害它的恶意，便逐渐放下了戒备，慢慢跟我亲近起来。看着它一天天长大，嘴尖由嫩黄变成浅灰，羽翼渐丰，我由衷地高兴。

有一天，我用手将它托着抛向空中，它竟然慢慢飞向枝头，栖息在那里，张望了一会儿，仿佛在和我告别，而后展翅飞向远方。凝望着它渐远的身影，我心底蓦然滋生出些许不舍，更多的还是欣慰，因为我意识到它已具备了独立生存的能力，是该回归大自然的时候了。

我有时觉得麻雀也应算是一种家禽，栖息于农人的屋檐下，"守望"着农人的粮仓，还常常与农人捉迷藏。它们既是"敌人"又是"朋友"，与农人不远不近、若即若离，但还是没有真正进入人们的生活。是它们不愿意还是根本就没打算进入人们的生活？我也说不清楚。其实稍加留意便会发现，它们进进出出的时候，事先总要在附近的枝头徘徊片刻，或从窝里伸出半个脑袋观察片刻，等到确定没有危险，才飞进飞出它们的家。这令我有了更深层次的感悟：距离这东西，常常是没有多少意义的，比方说咱们人，有些人距离很近，其实关系很远；反之，有些人离得很远，其实关系很近，想想的确有些微妙。

很多鸟不喜欢冬天，它们不辞劳苦去遥远的南方。麻雀则留了下来，一心一意地守着家园，欢快地鸣叫于天地间。尽管食物有些匮乏，麻雀依然活得自在，因为不挑食，只要能吃，不管味道美不美，都会毫不犹豫地吃下去，所以绝不会有活不下去的担忧。

麻雀家族甚至比人类经历了更多的磨难和艰辛，人们曾一度想把它们灭绝。尽管如此，麻雀不计前嫌，与人相见泯恩仇，依然陪伴着农人不离不弃，好像什么事情也不曾发生过，依然不停地繁衍后代，每年都有嘴巴淡黄的小麻雀出生。天灾也罢，人祸也罢，与人们一样坚强地活着，与人类一样活得越来越累、越来越艰辛，因为时代在发展、环境在变化，它们的生存空间受到很大影响。就拿生活环境来说吧，原先适于生存的茅草房、砖瓦房被小洋楼所取代，哪里还有它们的生存空间？在这样的情况下，我听说曾经被列为"四害"之一的麻雀如今已荣登国家保护动物的名单了，心里有一种说不出的滋味，想来主要是现在麻雀日渐稀少了的缘故吧。

麻雀要求不高，只要能吃饱就欢天喜地。麻雀的生命是多么平凡，甚至有些卑微！它们用自己的辛苦维持着平凡的生活。喜欢自由的它们，精神独立，不看人的脸色行事，这是它们卑微生命的生存方式，就像很多自食其力的小人物一般，富贵而闲适的生活不属于他们……但他们生活得依然很快活。

飞鸟（三）

在众多的鸟中，啄木鸟堪称最敬业的树木医生。它整天默默无闻地工作，很少宣扬自己的功绩，总是来也匆匆去也匆匆，人们发现它的踪迹都是通过听到它在为树木做"手术"的时候发出的"嘟嘟"声，原来正在工作。它不但手艺精湛，有着过硬的嘴口，而且练就了攀附功夫，即使在笔直的树干上，依然上下自如，如履平地，这也许是天生的。

我想，它工作的出发点也许首先是为了解决温饱问题，为树木治病只是生存的手段，其次才是真正意义上的"救死扶伤"。即便如此，人类的医生与之相比又能高尚多少呢？

"花喜鹊，尾巴长，娶了媳妇忘了娘。"我儿时对喜鹊没有什么好印象，也许是受儿歌的影响吧。

喜鹊是个头相对大些的鸟，长着长长的尾巴，飞起来黑白分明的身子优雅地在天空滑翔，忽高忽低，有如起伏的波浪。喜鹊善良而又孤傲，它不愿意和人生活在一起，即使住在村中，也是把家安在又粗又高的树上，和人保持着距离。村子里、村子周围随处可见喜鹊窝，其窝很简陋，马马虎虎，不像永久的住宅，更像驿站。四五月份，是幼鹊出窝的时节，这时"喳喳喳"的叫声更是不绝于耳，大小喜鹊的倩影随处可见。喜鹊成群结队地在天上翻飞，仿佛村里一道古朴的风景线。谁家院墙或树上停歇了喳喳叫的喜鹊，大人们会说："喜鹊叫，好事到。"

它的头和长长的尾羽黑亮亮的如锦缎一般，肩圆润、腹净白，如身着一件质地上好的坎肩，一对漂亮的翅膀轻轻拢在背上，在阳光下闪着珍珠般的光泽，如此扮相真乃上帝的造化。喜鹊转动着黑宝石一样的眼睛，望了望树下的不速之客，感觉没有威胁便昂起头继续忘情地歌唱，细长的尾羽摆来摆去，如同挥舞的指挥棒。加之其鸣叫声响亮悦耳，所以有极好的人缘。

诗人范成大曾用"晴色先从喜鹊知，斜阳一抹照天西"两句话来形容喜鹊，意思是说世人皆喜欢晴朗的天气，认为喜鹊是昭示晴朗天气的使者，它一出现，第二天就是晴天了。后来，读到《禽经》方知，其实喜鹊的不同叫声，寓意着不同的天气——"仰鸣则阴，俯鸣则雨，人闻其声则喜"。真有意思，喜鹊仿佛成了天气预报的使者。人们常用"喜上眉梢"的谐音、"喜鹊闹梅"的图案表达喜庆的气氛，真有喜来吗？也许是心理作用，喜鹊的叫声是个好兆头，现在没喜，以后会有，今天没喜，明天会有，甚至很久的将来会有。总之，喜鹊一叫，喜悦的种子就种下了。

喜鹊还是传说中的神鸟。传说，农历七月初七，牛郎织女一年一度相会的鹊桥，就是喜鹊首尾相接搭起的。这对旷古的恋人在鹊桥上面相依相偎，诉说相思。这一天被称为七夕节，近些年来又被称为中国的情人节。

尽管它生活得离人很远，有些人还是情不自禁地去干扰、袭击它们，或捕捉年幼的雏鸟，或捣毁它们的家。当其孩子受到侵害时，它们会奋不顾身地去营救，向侵犯者发起攻击——用尖尖的嘴巴啄头皮，吓得侵犯者抱头鼠窜。少年时代的我和小伙伴也掏过喜鹊窝。那次，我顺着树干爬到喜鹊窝旁，惊喜地发现窝里有两只小家伙，身上只有少许绒毛，眼睛还没睁开，听到有动静就张开嘴巴吱吱叫着，我伸手一摸身子暖暖的。见此情景，我有些犹豫，似乎下不了手，正当与树下伙伴商量是否拿走时，突然觅食的老喜鹊回来了，发觉我要伤害它的孩子们，便在我的头顶上盘旋着，焦急地叫着，几次扑棱着要啄我的头皮，我有些胆怯，赶紧哧溜滑下树。由此可见，它们是很注重亲情的。这一点应该值得不少人学习，更值得学习的是喜鹊对待生活的态度。

冬日，对于喜鹊这样的留鸟来说并不好过。寒风冷雪的侵扰就足够难过了，更何况没有了小虫和果子，可食用的东西少得可怜，难免忍饥挨饿，而喜鹊的心情似乎没受外部环境的影响，其歌声依旧如其他季节嘹亮、喜悦，为自己的快乐而歌，也为自己的歌而快乐着。只要怀着一颗快乐的心，每一种生活都可以有快乐；只要心存快乐，就觉得处处都有悦耳的歌。

猫头鹰在老家更是罕见。猫头鹰的鸣叫是令人恐怖的，在月黑风高的深夜，密林深处的高树上突然传出一声短促而尖厉的叫声，令人瞬间毛骨悚然。据说，猫头鹰是捕捉田鼠的高手，不论是白天还是晚间，它犀利的眼神都能捕捉到活动的田鼠，发现目标后俯冲下来，田鼠大多难逃厄运。

有一年，一只猫头鹰"莅临"了老家的树林，人们发现后便用石块袭击它，但命中率不高。猫头鹰似乎很坚强，只是从这棵树上飞到那棵树上，不停地转移着自己的阵地，就这样折腾了很久。最终，受到伤害的它还是飞离了我们的视野，逃脱了被追杀的厄运。

飞鸟（四）

　　布谷鸟作为一种候鸟，很难清楚地见到它的模样，只是每次循着声才能看见它矫健的身影在村子上空滑翔而过，人们根本无法跟它近距离接触。尽管如此，它仍是农人的朋友。

　　早春时节，布谷鸟不约而至。一听到那亲切的"布谷——布谷——"的叫声，人们就好像接到命令一般："布谷鸟叫了，该下田了。"

　　我认为在众多的鸟鸣中，最悦耳动听的还是那一声声的"布谷"，像是在悠扬地歌唱，亲切、委婉而又自然，响彻在莽莽的田野之间。布谷鸟不知从何处来，也不知飞往何处，通常是只听其声，未见其面，偶尔看到的是其在空中翱翔的身影，很快便消失在视线里，真身太难见到了，像天使一样。每次聆听"布谷"的鸣叫，总会有一种莫名的感动在心底徜徉，天马行空般地想一些心事。布谷鸟只有在这个播种的季节才会来到我的村庄，偶尔亮开嗓子，也只是那么有限的几声，很快便消失得无影无踪，仿佛它还有很多任务没有完成一样，要急着赶往下一个村庄。

　　后来我才知道，布谷鸟又名杜鹃。古代诗人写到布谷鸟都与一则杜鹃啼血的传说相关，其中以李商隐《锦瑟》中的"望帝春心托杜鹃"最为有名。传说周朝末年蜀地的君主，名叫杜宇，后来禅位退隐，不幸国亡身死，灵魂化为鸟，暮春啼叫，以致口中流血，其声哀怨凄悲，动人心腑。

儿时，我对布谷鸟充满了好奇："它懂农时吗？懂人话吗？为什么春天刚到它就飞来，叫声好像人喊话？"每当我提出这些疑问时，奶奶总会告诉我："布谷鸟通人性，知节令，是一种神奇的鸟！"

布谷声里农人开始劳作，往往是男女老幼齐上阵，借此机会，既可以领略大自然春的气息，又可以看那阳光下悠悠上升的地气，被束缚一冬的手脚得以舒展，喜悦之情溢于言表。此时，如果有布谷鸟从头顶飞过，人的心情就会更加愉悦。听到头顶的布谷鸟叫声，调皮的孩子也会跟着学叫几声，甚至正在拉犁的老黄牛也会"哞哞"地附和上两三声，算是一种友善的回应吧。

如今，种田早已机械化、科学化了，牛拉犁、人拉耧、全家老幼齐上阵的耕作方式渐渐退出了历史舞台，但每到早春季节，听到布谷鸟的鸣叫声，内心就会生发出一种回到家乡的冲动，就会勾起对故土的无限怀念之情。

有一种鸟长得黑黑的，我们叫它老鸹，我想它的学名就是乌鸦吧。它的声音很难听，听起来有一种凄凉的感觉。我对乌鸦了解不多，大多来源于书本。比如《乌鸦喝水》和《乌鸦与狐狸》的故事，仅这两个故事，就对它褒贬不一，莫衷一是。这使我想起人们常说的一句话，不妨将其改编为"做鸟难，做乌鸦更难"。

斑鸠的形态与鸽子有些相似，只是个头要小一些。我所见到的斑鸠全身都是灰色的，老家人称之为鸪鸪。斑鸠也是村庄的过客，因为总是距离人较远，常常栖息在高高的树梢上，人们往往是先听到"咕咕——咕咕——"的叫声，才循声看到它的身影。斑鸠起飞时，两只翅膀划桨般猛地撑开，翱翔的姿势便很快脱离人的视线。

有一种鸟将窝建造在地上，这种鸟似乎不会飞，只会在地上奔跑。这是一种类似鹌鹑的小鸟，个头比秃尾巴鹌鹑还要小。六月风吹麦浪，收割小麦时，常会发现它简易的巢就筑在麦地的田垄上，材料皆是就地衔取的麦叶。小麦一经收割，它就完全暴露出来了。因此，每年收割小麦，农人都能捡拾很多鸟蛋拿回家烹食。

更多的鸟儿还是将巢建在高高的树杈间，那是它们的家。大多数的鸟儿围绕着巢早出晚归，只有短时间滞留的候鸟，比如布谷鸟、大雁等是不筑巢的。它们比起本地的鸟儿来，似乎惶惶不可终日，毕竟没有自己的栖息之地。安居才能乐业，对于候鸟来说也不例外。

我翻阅相关资料才知道，一个漂亮的鸟巢的建造实在是艰辛，大有精卫填海的悲壮。鸟儿的工具就是自己的身体。它们从外面衔来适用的材料交叉搭起粗陋的支撑架后，开始用自己的胸膛一次次挤压材料，让它们变得柔软、顺服，然后再根据自己身体的比例，不住地转圈儿，从各个角度往外推挤未来居所的墙壁。所以，决定鸟巢精巧弧度、让其成形的办法就是鸟儿的身体。这些草梗、细枝最后要贴合成一块像工厂流水线上下来的精纺毛毡。

这样的一个巢穴，不经过鸟儿用胸膛去千万次的撞击、碾压，用自己的体温去熨平，并获得其所需要的结实曲线，几乎是不可能的。而这项工程往往是由那个将来要生育下一代的雌鸟来完成的。这种孕育新生命的母爱激情产生了强大动力。绝大多数的雌鸟可以称得上巧夺天工的建筑师和纺织娘，就地取材，合理搭配，巧妙运用，使巢具备结实、舒适与美观等特点，可谓做到了完美结合。有些巢外观粗陋，枝条横七竖八，内部却很平整，铺垫着一层细密柔软得像羽绒般的"建材"。雄鸟往往扮演的是搬运工的角色。鸟儿母爱的伟大由此可见一斑。

还有一种更罕见的鸟是黄鹂，就是杜甫笔下鸣翠柳的小鸟，比麻雀还要小。它有金黄色的羽毛，黄黄的嘴巴，很爱叫，大多独来独往，在树梢上跳来跳去，难得静止，警惕性较高，很难捕捉。它常常跟在麻雀队伍的后面，也许它深知自己势单力薄，只能捡些剩下的食物填饱肚子，可以说是在夹缝中求生存，尽管如此，它生活得依然自在。

家乡最雄壮的鸟当数那高高盘旋的老鹰，老家人称之为老雕。尤其在秋高气爽的季节，田野一片金黄，极目四野，云淡天高，老雕盘旋于天际，一圈儿又一圈儿，长长的翅膀伸展着在高空微微颤动，既像滑翔又像静止，它是在搜寻目标。突然，猛地一个俯冲，一只猝不及防的野兔已被扑倒在地，垂死挣扎片刻便被降伏到空中……有时，老鹰也会擒获在田间地头觅食的家鸡。

走笔至此，我突然想起小学课本里的话：天气凉了，树叶黄了……一群大雁往南飞，一会儿排成个"人"字，一会儿排成个"一"字。是啊，那年月还能看见大雁。放学路上，我们背着破旧的黄书包，拖着鼻涕，操一口地道的童腔，朝着天空飞行的大雁叫喊。那些无忌的童言在蓝天白云间飘荡。人的存在，使鸟儿有了依托；鸟儿的存在，给人的生活增添了情调。

家禽（一）

几乎每家都会养鸡。谁家院子里如果没有几只鸡，就跟人丁不旺一样，显得冷冷清清，没有生机。鸡大多是麻黄色的，偶尔也有一两只杂色的，显得格外引人注目。

清明前后，总会有母鸡歇窝——停止下蛋，忽然改变了声音，一天到晚大多趴在鸡窝中，与同伴相比，显得很憔悴，走路时有点儿疯疯癫癫的样子，这就是要孵小鸡的征兆。老家管孵小鸡叫"抱窝"，大概因为母鸡要把许多蛋抱在腹下的缘故。孵小鸡的母鸡因此得了一个名字——抱鸡。

虽然母鸡都有做母亲的权利，但十有八九不能如愿，只有一只发情的母鸡很幸运被挑选出来。孵小鸡需要很好的环境，主人在窝里铺上稻草、垫上棉絮等，让母鸡趴上去感觉暖暖的、软软的。将精心挑选的种蛋集中摆放在上面，最多也就是20只，多了也照顾不过来。母鸡用体温孵化生命期间，完全是尽心尽职的，用翅膀严严实实地把鸡蛋盖住，保持温度，从不偏袒，每只鸡蛋都能平均得到温暖。它每天有一两次出窝喝点儿水，吃点儿干粮，然后立刻回窝，丝毫没有懈怠的迹象，还时不时埋下脑袋，用尖嘴将露在外面的蛋揽在身下。母爱在抱鸡的身上充分彰显。

鸡蛋在母鸡身体下经过约一周的孵化后，要进行一次"照蛋"，这道工序类似孕妇做 B 超吧。里面有暗斑的鸡蛋留下继续抱，没有暗斑的将被淘汰出局。家长不主张小孩子吃这样的鸡蛋，理由是吃了记性会变差，学习就会不好。当时也就相信了大人的话，现在看来应该是没有科学依据的。

俗话说："鸡抱鸡，二十一。"大约 20 天，小鸡崽儿便被孵化出来。小鸡崽儿破壳时需要主人坚守，因为有时破壳需要帮助，如果时间掌握得不够精准，就会使小鸡崽儿憋死在蛋壳里。小鸡崽儿出壳的样子很有趣，它们自己会伸胳膊踢腿，挣脱蛋膜的束缚，扑棱着潮湿的小翅膀艰难地钻出来，像喝醉酒的人似的站立不稳。不久，它们的毛就干了，黄黄的像个小绒球，干净、绵和。它们面对陌生的世界显得有些惊恐，唧唧地叫着，憨态可掬的稚嫩样子令人疼爱。鸡主人往往会忍不住爱怜地将其捧在手心里，而毛茸茸的小家伙似乎有些恐惧，声音显得有些急促、张皇，或张开小翅膀挣扎，或用蜡黄的小嘴轻啄主人的手指，很舒服，痒痒的，让人怦然心动，感受着新生命的欢悦。

刚出壳的小鸡崽儿需要在窝里待两天硬硬身子，然后就可以下地了。大多还要人用箩筐之类的东西再圈养几天，怕猫狗们侵犯。小鸡崽儿需要用碾碎的鸡蛋黄或蒸熟的小米粒，精心喂养。鸡妈妈仍然闲不下来，会衔一些食物在嘴里，咯咯地叫着，小鸡崽儿挤成一堆来抢食，争先恐后，由于争抢往往要摔跤，稚气的样子煞是可爱。

鸡妈妈成天带着小鸡们游玩、觅食，其慈爱不逊于人类。鸡妈妈被前呼后拥着很气派，俨然领导带着自己的队伍参观，趾高气扬地踱着方步溜达。每当找到虫子，自己舍不得吃，发出独有的信号呼唤着孩子们快些过去吃。小鸡崽儿们闻讯后迅速地跑过去，见到蠕动的小虫子显出大惊小怪、不知所措的样子。鸡妈妈此时开始啄小虫子，仿佛在做吃的示范，小鸡跟着啄，像是在练胆量。

春天的阳光暖洋洋的，鸡妈妈常常卧在地上，翅膀扑展着晒暖，小鸡藏在翅膀下面，有点儿动静，小脑袋都会伸出来。大公鸡有时会精神抖擞地站到墙头上，仿佛在为鸡妈妈和鸡宝宝们站岗放哨，又好似在检阅着春天里的一切，还时不时地仰起脖子来，响亮地鸣叫一声，惊吓得鸡宝宝们一哆嗦。

天气变化的时候，小鸡们全部挤在鸡妈妈的身下遮风避雨，从翅膀间钻出它们的小脑袋，显得有些惊恐。遇上狗猫之类的侵犯或者险情，鸡妈妈就会立刻脖子上翎羽倒竖、双翅伸展，摆出一副要拼命的架势。鸡妈妈用自己单薄的身体保护儿女们安全的模样，定格在了我童年的记忆里。那种母爱的无畏与英勇，令人钦佩。

过了几个月，毛茸茸的小鸡逐渐长大了，羽毛渐渐丰满，毛色分明，雌雄明朗。小母鸡雍容华贵如公主，小公鸡长出红冠，如骄傲的王子。它们开始独立的生活，偶尔还会与狗猫们嬉戏，过着相安无事的平静日子。鸡妈妈像完成了一项神圣的任务，光荣地回到原来的岗位上。

更多的家庭还是直接在小贩那里买小鸡崽儿，这样省事省时，方便快捷。挑出品质好的雏鸡，然后再辨别公母。在那个生活困难的年代，各家各户养鸡的主要目的是下蛋，因而小公鸡并不吃香。轻轻拿起"唧唧"叫的小鸡，仔细端详它的爪子、屁股和鸡冠子，十有八九能认出公母。没顾上回家拿工具的，就直接用褂子的前襟兜着，挑选够数后，主动让贩小鸡者再过下数，最后记账确认。

新买来的小鸡，刚出壳没几天不敢散养，通常放在肚大而深的竹提篮或者笼子里养着，底下还要铺上干净柔软的布或细软的草。挂在屋梁或者院子里晾晒物品的铁丝上，主要是怕小鸡受到外界的伤害。

毛茸茸的小鸡崽儿一旦长大一些，便不那么好玩了，喂的时候它们也不再温柔地啄人手心了。此时的小鸡们长出翅膀，有了自我保护意识，能听懂呼唤，也要离开纸箱子了，开始放到院子里散养。由于很多家都在养着同一批次的小鸡，为了不混淆，便用买来的"洋红"给小鸡们一个个染上记号。为了便于区别，左邻右舍做记号的位置也不尽相同，有的染在头顶上，有的染在翅膀上，有的则染在屁股上、胸脯上或者脖子上。尽管如此，主人还是要加强防范，因为小鸡们对家的大致范围还不是很清楚，走丢的事情常常发生，寻找起来也是很难的事情，要到左邻右舍逐一查找，无异于大海捞针。管理小鸡的任务大多交给孩子完成，随时关紧大门，防止小鸡外逃，到了傍晚就要开始捉小鸡回笼了。小鸡们当然不愿意回笼，还没有玩够呢，院子里每个角落都有它们的身影，要逐一捉拿归笼并非易事，我经常为此跑得一头汗，累得气喘吁吁。

　　约大半年后的一天，小母鸡伏在鸡窝上吃力地下了第一枚带着血丝的鸡蛋。它从鸡窝上跳下来，那昂首挺胸的架势像功臣一样，既荣耀又兴奋，"咯咯哒"大声叫唤着，生怕主人不知道。接着就开始低头觅食吃，好像很饥饿的样子，看来下蛋也是力气活，需要消耗很大的能量。母鸡从此开始了光耀的下蛋生涯。虽然都是母鸡，但下的蛋却不尽相同，有的大些，有的小些，有的蛋壳是白色的，有的是褐色的，还有的是粉色的。还有的母鸡偶尔会下双黄蛋，偶尔会下软皮蛋，大概是缺钙的原因吧。不管怎样，母鸡在主人的心目中要比公鸡的地位高些。因为鸡蛋既能改善主人家的伙食，又能卖些零花钱。

　　小公鸡的命运多是悲惨的，只有一两只公鸡是幸运的，会被留下来当作种鸡，长出长长的红冠子与艳丽的羽毛，像它们的父亲一样在鸡群中君王般昂首阔步，可谓是妻妾成群。其他的小公鸡，则在中秋节前后陆续被宰杀掉。有的人家杀了公鸡后，会将那些漂亮的羽毛留着，等到农闲的时候做成鸡毛掸子，用来掸掉物品上积的尘埃，或者留几根粗硬的羽毛给孩子做毽子。杀鸡者在拿起屠刀时往往会念念有词："小鸡小鸡你别怪，你是饭桌上的一道菜。"这也许是对公鸡即将奔赴黄泉的一丝安慰吧。

留下的公鸡承担着报晓的任务，当天空中为数不多的星星还眨着疲倦的眼睛时，乡村和四野依然在沉睡。夜色中，蹲在架子上的公鸡便开始在黑暗中叽叽咕咕酝酿，选择在曙色微透的时刻，去唤醒沉睡的万物。

"喔——喔——"，雄鸡很抒情地开始了原声版的歌唱。那声音擦过暗夜，擦出金属般的质感，飞翔在村里村外，天空中就有了清而脆的高亢弧线。村庄的帷幕是从黎明前的第一声鸡鸣开启的，于是村庄醒了。

家禽（二）

成年的鸭子显得憨厚而木讷，走起路来很笨拙，屁股扭来扭去，像身怀六甲的孕妇。它们小时候可不是这个样子，小小的扁嘴，灿灿的黄绒衣，溜圆的小眼睛乌黑发亮，带着惊奇与振奋走进我的村庄。

我家里曾养过三四只鸭子，与喜欢大惊小怪的鸡挤在一个笼子里。大清早，它们就会嘎嘎地叫着，排着整齐的队伍摇摆着出来，像出早操一样。只要池塘不结冰，它们就会直奔池塘而去，毫不犹豫地扑通跳下去。它们通常将蛋下在鸡窝里厚厚的鸡粪上，农人用小锄慢慢掏出来，有时也将蛋下在池塘边，被小孩子捡到，报喜般地送回家。

鸭子不讲究卫生，吃食的时候扑腾得满地都是，还爱拉稀屎，经常是一小摊，很难清扫。所以，养鸭子的人家不多，即便养也就是三五只，以求能吃上自家腌制的油汪汪的咸鸭蛋。

鹅是个头较大的家禽，通常是纯白的，全身上下像雪一样洁白，又称大白鹅。鹅的头上有一个突起的黄色肉冠，看上去仿佛戴着一顶小小的黄帽子。圆圆的小眼睛下面长着一张小铲子似的扁嘴，胸部和臀部都很肥大，显得很威武。一双橙黄色的像蒲扇一样的爪子，即蹼，就像划船的桨，是它得天独厚的划水工具。

鹅有一套独特的本领——看家。大白天见到生人登门，它除了伸长脖子"嘎嘎"大叫，还会张开翅膀用长长的扁嘴啄人。小时候，有一次我到邻居二大娘家借东西，谁知东西刚拿到手就被她家的老鹅发现，立刻追过来啄我，吓得我扔下东西飞奔。夜晚，鹅的警惕性很高，有点儿风吹草动就会叫几声。鹅的确很威猛，其他家禽都会让它三分，不敢跟它较真。

鹅又称家雁。我想之所以这样称呼它，可能是因为它长得像大雁一样，而且也会飞的缘故。有一次，我在池塘边看到一只鹅受到大狗的追杀，它拼命逃跑，随着一声尖厉的声音，那只鹅突然展翅飞起，越过池塘上空，在我的呼叫、惊讶以及奔跑中飞进菜园，直至消失在我的视野里。我简直不敢相信自己的眼睛，家鹅怎么会飞上天空？但那耀眼的白真实地存在于碧水蓝天之间，我记住了它飞翔的美丽，翅膀大而轻盈，一团洁白在空中游弋，只有几根羽毛飘零下来。

人们常用"鹤立鸡群"来说明鹤的高贵和与众不同，其实鹅与鸡鸭相比又何尝不是呢？鹅总是昂着头，表明它的心气是很高的，很懂得摆姿态的技巧。鸡鸭就不懂，尤其是鸭的头多数是低着的，显得很猥琐。鹅的羽毛洁白，步履优雅，与鹤相似。鹅的叫声很高亢，声带可以划归为高音。

张山人在徐州云龙山上放鹤，王羲之则在兰亭养鹅。鹤与鹅应该感谢这两位先生，是他们赋予了鹤与鹅冰清玉洁、恬淡自适的情怀。鹤在粗人眼里也只是鸟，顶多加上一个野字；在文化人眼里则是云鹤、仙鹤、逸鹤等，故有诗云："昔人已乘黄鹤去，此地空余黄鹤楼。黄鹤一去不复返，白云千载空悠悠。"鹅在粗人看来更是司空见惯，除了食其蛋啖其肉，实在没有多大的意义；而在文化人看来却是不同，就连天才少年骆宾王见到鹅都会吟诵："鹅、鹅、鹅，曲项向天歌。白毛浮绿水，红掌拨清波。"在其眼中，鹅在水中的样子该是何等的优雅妩媚。由此可见，鹅在众家禽当中堪称贵族。

鸽子也是家禽，村庄有不少人家养鸽子。鸽子的窝要高些，白天常常栖息在屋顶，咕噜咕噜叫个不停，有时三两只聚在一起，那亲密的样子好像在谈情说爱。鸽子大多不需要喂养，而是自食其力——外出觅食。鸽子的记性很好，信鸽往返几千里路都不会迷途。

亚洲家养了一群鸽子，为了鸽子的繁衍生息，专门留了一间屋子。鸽子繁殖较快，与鸡相似。鸽子蛋比鸡蛋小些，但营养价值较高。鸽子的肉当然也很好吃。鸽子与其他家禽相比更具人性，外出觅食后装在嗉子里，回窝后再吐出来，嘴对嘴喂幼鸽。

"鸡声茅店月，人迹板桥霜。"鸡、鸭、鹅、鸽子等这些家禽，是我曾经日常生活中的重要组成部分，是我乡村生活画卷里浓墨重彩的一笔。岁月荏苒，斗转星移，不知不觉中，早已物是人非，悠闲的乡村生活渐行渐远。夜深人静时，我常常会想起那段宁静安好的田园时光，心中不禁有些惆怅寂寞。

家畜（一）

狗是狼慢慢进化而来的，大概在一万多年前被驯养成家犬。狗走入人的家庭，和人做起了朋友，成为人们生活中的一部分。人宠爱着狗，狗护卫着人，一步一步从历史的深处走出来，走向成熟，走向文明。

俗话说："子不嫌母丑，狗不嫌家贫。"老家的狗一生隐居在乡村，从未离开村子半步。远方虽然是诗意的，而它毫不艳羡，始终蹲守在主人的家园，可见在诸多动物中，狗堪称人类最忠诚的伙伴。

村子里的大多数家庭都养狗，有多少户人家，就差不多有多少条狗。狗跟人一样，一茬接一茬，老了走不动了，又有新的狗生出来，接替那老狗。农人养狗是为了看家护院，不像现在的都市人养狗纯粹是为了欣赏、好玩儿，有个伴儿。

村子里养狗的方式有两种：一种是圈养，主要是针对性情较凶的狗，主人就用锁链把它拴在院内；另一种就是散养，这样的狗性情温和，只要不招惹它，绝不会主动攻击人，故让它自由活动。平日里，一些被拴住的狗看见陌生人后，会往高处扑，想挣脱锁链，一边向陌生人扑且狂吠，犬牙外露，牙齿锋利，怒目而视，狂躁不安，狰狞且恐怖，根本不管陌生人跟主人是啥关系，也不会看是什么来头。而一些活动自由的狗，在感受到外面有陌生人进入主人院内时，则会象征性地叫上几声，既是招呼陌生人，也是给点儿颜色看看，吓唬吓唬，绝不会咬人。

还有两类不同的狗：一类是周围有一点儿小动静就开始叫唤，而当"敌人"真来的时候，却缩在窝里不敢出来，喜欢招惹事却又没有胆量去应对；另一类是性情非常温和，好像村里的某些人一样，天生老实，与人为善，永远也不会发脾气一样。

村子里最初是黄狗多，跟老牛的颜色差不多。后来有人从外地带回来了一条花狗，身上好像被染了一块一块的锅灰，以白色为主，是母狗。几年时间，就繁殖了好几代，可谓是子孙满堂了。

母狗的产量很高。长民家的母狗有一年一窝生下了 10 只小狗，左邻右舍的孩子们闻讯都很高兴。过了几天，小狗便到处乱爬，这时候，母狗是不允许陌生人或其他小动物靠近的，否则，母狗会一反常态，目光变得凶狠、凛然，龇牙咧嘴，喉咙里发出"呜呜"的声响，甚至张开大口与之搏斗，直至将对方赶到它认为安全的地方才罢休。

等到一个多月后，那些毛茸茸的小家伙长了牙齿容易喂养时，人们才纷纷去抱养，要趁母狗外出觅食之际行动。从此，小狗就成了家庭的玩伴，还能帮助主人给小孩子"擦屁股"、看家、恐吓陌生人等。

深夜归来的人，即使动作很轻也会将狗从梦中惊醒，一旦知道是主人，它立刻就会将吠声咽到肚子里，嘴里只发出轻微的呜呜声，或摇着尾巴亲近主人，像个爱撒娇的孩子，做出亲昵的动作。狗一生的睡眠大约都是浅的、轻的，不管是酷暑还是寒冬，狗都会随时做好醒来就能战斗的准备，什么风吹草动，都逃不过它的耳朵，所以狗的梦境一定是碎片化的。

20 世纪 80 年代末，我家里抱养了一只小狼狗，是托人从新疆带来的，当时还不足半岁，憨态可掬，我给它起了个名字叫"赛虎"。我开始喊它，它并不理会，自顾自地玩皮球、发呆，或者看别人吃东西。它看别人吃东西的时候，总是聚精会神，眼睛盯着，小嘴张着，露出一副馋相，并不懂得含蓄或者迂回，那眼神里充满了期盼，如果不分一些给它，它是不会主动离开的，直至看着吃完了才会悻悻离开。它长得很快，几个月的时间便发生质的变化——形体变大，毛发变色，高大英俊，灵性很高。两年后，我从部队回家探亲，它见到我先是狂吠，父亲对它说"不要叫了，是自己人"，它便用友好的目光打量着我，尾巴不停地摇摆，一副亲昵的样子。不几日我俩便熟络了，它见到我便摇一摇尾巴，跑到跟前，舔一下手，抓一下脚，仿佛久别重逢的老友，看来真的是通人性的。

转眼几年过去了，令人心疼的事发生了，赛虎没有逃脱厄运，误食了偷狗贼下的毒药，一命呜呼，"终年"八岁，约相当于人的知天命之年吧。那些年，赛虎早已成了家庭中的一员，和家人们一起分享喜怒哀乐。我庆幸与赛虎共度过一段年华，有关它的故事将会永久住进我的心田。

乡下的狗跟乡下的孩子一样，少有娇生惯养，更没有人给狗看过病，好像乡下的狗一生都不曾生病一样。狗生病了都是自己慢慢熬着，熬过去也就好了，否则就会死掉。尽管如此，它们一个个似乎都很坚强，尽管只能食残羹剩饭填饱肚子，一年到头也很少有吃荤的机会，但长得照样看不出来营养不良的样子。

狗的寿命与人相比是何等的短暂。尽管如此，狗似乎并没有感到恐慌，而是在十余年的光阴里，自由自在、无忧无虑地生活着。濒临死亡的狗显得比人更为淡定，它们也有子女，但不会去眷恋，不像人临终时总是放不下，通常还要给后人个交代，所以狗的眼睛里就少了一些纠结和痛苦。身体上的疼痛也只是让它们抽搐几下，抑或呻吟几声，便将自己隐藏在无声无息之中。年老的狗是不会遭人反感的，它们会很自觉地躲在院子一隅，卧在某个不会让人注意的角落里，任凭蚊虫苍蝇落在毛发稀疏的身体上，叮咬着骨瘦如柴的躯体，就这样直至生命的终了。

家畜（二）

老家人往往将狗和猫相提并论，老年人常说："小猫小狗算一口。"在老家，它们两个似乎都不可或缺，只是职责不同。

狗的主要职责是看家护院，确保主人家平安。猫的主要职责是消除内忧，也就是消灭老鼠。猫具有两面性。一方面是它的温顺可爱，它可以说是所有动物中与人最亲密的伙伴，天冷的时候可以钻进人的被窝与人同枕共寝，也难怪都市人把它当成宠物甚至孩子来养，还要取个好听的名字；另一方面是它又会展露出凶残的模样，两颗闪亮的眸子，灯笼似的照射四方，不论是白昼还是黑夜，它都能将老鼠擒获。它步履轻盈、动作迅猛，不愧与老虎属于同一个科。

但有的猫却好吃懒做，似乎对老鼠不感兴趣，常常是雷声大雨点小，"叫唤猫不逮耗子"说的就是这一类猫。它的叫声也许对老鼠能起到一定的震慑作用，使老鼠的活动有所收敛，但总是治标不治本，达不到最终消灭的目的。这类猫还常常受到主人的褒奖，家里吃点儿荤腥的东西，如鱼、肉等，还往往给它留点儿。这使我想起"爱哭的孩子有奶吃"的道理，其实在现实生活中，有些人不也与这类猫有些相似吗？

兔子是草食性哺乳动物。头部略像鼠，耳朵根据品种不同有大有小，上唇中间分裂，故老家人在呼唤它的时候都是发出"豁豁"声。兔子的前肢比后肢短，善于跳跃，跑得很快，尾巴较短。我家的兔子大多是白色的，而野兔大多是土灰色的。记得有几年，几乎家家户户都养兔子，原因是兔毛价格较贵，如果能养上几十只，就是一笔不小的经济收入。兔子全身都是宝。除了兔毛，还有兔皮可以制作衣物，用来装饰或者御寒；兔肉营养丰富且价格低廉，还有防病除患的功能。李时珍在《本草纲目》中说："兔肉，辛平无毒，补中益气。主治热气湿痹，止渴健脾。炙食，压丹石毒。腊月作酱食，去小儿豌豆疮。"

兔子长得很可爱，那淡红色的眼睛像透明的水晶体，好似盛满善良、友爱与天真。尽管如此，人要想捉住它也并不容易。它跑起来的时候，弓着身子用后腿在地上使劲一蹬，蹿出老高老远，像飞起的一团白雪。

兔子的繁殖方式很特殊且周期短。母兔分娩前会掏出一个洞穴，将出生后的兔崽儿放在里面，而后用土将洞穴口封堵上。没有注意到母兔何时、如何照顾兔崽儿。等到大约三周后，母兔便会带着孩子们走出来与外界接触。这样做主要是为了安全吧。

野兔的性子很刚烈。成年的野兔是很难逮住的。那年的秋收季节，哥哥在地里逮住了一只幼野兔，带回家圈养起来，喂它东西却不吃。我们想了个办法，将刚从地里割来的青草栽在地上，可它还是不吃，看来它是很难驯化的。

从古至今，人们似乎对兔子褒贬不一。中国的甲骨文就有兔的象形字。早在《诗经·节南山之什·巧言》里就提到了它，且称为狡兔，"他人有心，予忖度之。跃跃毚（chán）兔，遇犬获之"。"毚"的意思就是狡猾。唐人苏拯的《狡兔行》中说道："秋来无骨肥，鹰犬遍原野。草中三穴无处藏，何况平田无穴者。"这也就是人们常说的狡兔三窟吧。其实，兔子的狡猾并没有恶意，也仅仅是为了生存而已。到了宋代，兔子的形象就完美多了，欧阳修曾写下托物言志的《白兔》诗："天冥冥，云蒙蒙，白兔捣药姮娥宫。"

人们在生气发火的时候常常说"兔子急了还咬人"，可见，兔子也有烈性的一面，忍耐都是有底线的。同时，也折射出凡事都要有个"度"的道理。大家常用"兔子的尾巴长不了"来形容对某些人的行为和做法表示不满，其实长尾巴又有什么好处呢？往往会在不经意间得意忘形翘起尾巴。还是人最聪明，根本没有尾巴，却还要"夹着尾巴做人"。可惜的是，谦虚些、低调些却不是每个人都能做得到的。

有关兔子的成语典故、寓言故事人们也是经常用到。如"守株待兔"，这一成语除了说明某人守旧和懒惰外，也说明了兔子的"憨厚"和"耿直"，死脑筋、不转弯；"狡兔三窟"则说明了兔子的狡猾，考虑问题比较周全，以防不测，保险系数也因此增大；而"龟兔赛跑"的故事则说明兔子容易骄傲自满，往往容易被胜利冲昏头脑，虽然优势很大仍以失败而告终。

古人云："飞鸟尽，良弓藏；狡兔死，走狗烹。"由此可见，狗与兔似乎命运相连，兔的忌日也就是狗的末日，可谓是同生死的敌人。对于兔子的悲惨遭遇，就连一向狡猾的狐狸也深感同情——兔死狐悲。

羊分为山羊和绵羊。山羊个头比绵羊小些，老家的山羊颜色以藏青色为主，头上长着两只小角，公山羊的角要大些，偶尔有白色的，多为奶羊；绵羊以白色为主，公绵羊头上长着两只大角，有的还呈盘旋状。我大舅家就养了一头公绵羊，个头很大，样子很凶，老远它就挣紧绳索向我发威，每次去他家我都躲得远远的。

斗羊，老家人称之为"羊抵架"。这种情形分为两种，一种是羊自主进行的，根本没有人为因素，两只羊不知不觉便在一起较上了劲儿，但是这样的较量大多不够激烈，只是象征性地抵几下便停战，这也许跟调皮的孩子一样吧，说翻脸就翻脸，但是很快就会和好。最引人注目、激动人心，也是最激烈的羊抵架，还是人为造成的，都是有备而来。

参加抵架的羊都是公羊。有绵羊有山羊，大多很威猛，头上长着两只坚硬的长角，老远就散发着骚臭味儿。有的羊两只角是直接向前倾，还有的羊角转了一个圈儿之后尖朝向前，仿佛天生就是抵架的料。有的羊角、额头的一片毛都被染成红色，看上去格外醒目。

双方主人牵着斗羊进入赛场后，先要来个热身，跟拳击运动员正式比赛之前一样，双方先见个面，打声招呼。首先让两只羊互相对视，使其产生敌意，然后两只羊头尾相顾转着圈儿嗅嗅，有时双方的主人故意用羊角碰撞对方几下，斗羊如何经得起骚扰，顿时要发威，双方主人见此情景连忙把羊拉开，站到各自的位置，等候裁判的号令。

两只羊相距 20 多米，裁判一声"开始"，主人迅速松开羊缰绳一拍羊屁股，羊便昂着头飞速地向对方冲去，在双方即将接触的瞬间，羊头突然一低，"砰"的一声，四只羊角抵在一起。而后，两只羊又向后退去，退出一段距离，又飞速地抵在一起。有时还会纠缠起来，像拳击运动员似的。这时羊的主人就会急忙走上前去将它们拉开，接着再抵。有的羊斗上三五回合即分出胜败，有的会斗上十几回合，羊斗得兴起，斗红了眼睛，额头鲜血直流也毫不畏惧，完全将裁判的口令当成耳旁风，甚至连主人都拉不开。羊抵架撞击的力量很大，时常会发出"啪啪"的响声，那是羊角撞击的声音。围观的人们也跟着情绪激动起来，呐喊声、叫好声、鼓掌声，响彻云霄，现场一片沸腾。

羊的食量不大，羊的产量也不高，通常是一两只。小羊羔吃奶很有意思，总是跪着，故有"羔羊跪乳"之说。

家畜（三）

猪是人类最早驯养成功的动物之一。我们从汉字中的"家"望文生义，只有住处养了猪才称得上是有了家。随着农业生产的发展，养猪已不仅是为了食用，也为了积肥，饲养方式也由原先的散养转向圈养。其实猪是不乐意被圈养的，毕竟自由度不高，饮食起居都在方寸之间，跟监狱似的。如果猪圈无意中被拱开了，它们就会毫不犹豫地跑出来撒欢儿溜达，一定会感到幸福开怀。

初春，人们到集市上买回小猪崽儿。猪的毛发有黑色的，也有白色的，偶尔也能看到黑白相间的花猪。活蹦乱跳的小猪在猪圈里经过近一年的喂养，已经成长为两三百斤的大猪，它们或被主人当作年猪杀掉，或被屠夫买走，一头猪想活过新年很难。能幸存下来的大多是留着下崽儿的母猪，或是留着配种的公猪，第二年要办喜事的人家，也会将肥猪留下来。

养猪是一件很劳累很费心的事，我家养猪主要靠母亲。在那个经济比较萧条的年代，就我家而言，除了父亲微薄的工资，主要的经济来源就是母亲每年辛辛苦苦圈养的猪了。我家的诸多花销都是靠母亲养猪赚来的钱,猪成了一家人的希望和寄托。

走进村子,除了土坯住房,最常见的就数猪圈了,因为大家基本都靠养猪来赚钱。母亲很会打理生活,当然也会喂养好猪了,比如冬天每次喂猪时她都会用热水和食,那样猪更爱吃,这也是母亲喂猪总结出来的经验。

看着猪一个劲儿地闷着头,吃得那么香甜有劲儿,母亲一脸的开心和欣慰。我家养猪,一次至少养两头。母亲说猪崽儿和小孩一样,就爱抢着吃。果然,每次只要母亲把猪食放进石槽,用那把铁勺敲打两下,猪无论是在撒欢儿还是在恬然酣睡,都会像当兵的听到号令一样,立刻快步跑过来,还仰起脖子,朝着母亲哼哼唧唧地撒娇,小尾巴在屁股后面甩来甩去。

猪崽儿长大以后,就会变得越来越调皮了。有时候母亲去田间劳作回来晚了些,它们就会扒在猪圈的围墙上嗷嗷叫着,甚至会把猪圈拱出一个大窟窿,从里面跑出来觅食,这是母亲最上火的时候。本来干田里的农活就很劳累,回家还要满村子找猪,更麻烦的是要尽快把猪拱破的那个大窟窿堵上。这时候她所有的怨气都会一股脑儿地撒在父亲身上。主要是因为养育我们兄弟的责任,大多是母亲单薄的双肩扛起来的,压力真是太大了,这也是一种减压方式吧。由于父亲只顾教书,母亲除了照顾我们的吃喝,还得去田间干活,晚上煤油灯下还有一大堆针线活等着她去做,她织布纺棉常常到深夜。那时候,母亲去田间干活,每次看到滚落在路边或田间地头的可以当成烧柴的材料,都会惊喜地捡起来带回家,因为这些柴火足够烧半顿饭的。这就是我勤劳节俭会过日子的母亲。

每天,人吃饭的时候,猪也要吃,稍晚一会儿,就会"嗷嗷"地叫,一天三顿饭,似乎必不可少。一头猪要吃小半桶的猪食,猪食的主料是稻糠、麦麸、豆饼等,有时还要添加切碎的猪草或者煮熟的红芋、胡萝卜等。母亲有养猪经验，经常在猪食里放点儿食盐，这样猪吃得更加津津有味，道理可能跟人吃饭差不多，没有盐就没有味道。将猪食拌好后，倒入石槽中，看着猪大快朵颐的样子，尤其是几头在一起吃，那争先恐后的样子，看上去很滑稽。

夏天的时候，我经常去田间割些青草来喂猪。每当将青草放在猪圈外面的时候，猪也许是闻到了青草的味道，便会哼哼唧唧拥挤着将两只前蹄搭在猪圈的矮墙上，嘴巴张开，流着唾液。我却故意逗它们玩儿，将手中的青草撒到它们的身后，于是它们赶紧转过身去，在争食的过程中，总会有一头被挤出去，急得团团转。于是，我赶紧再拿起一把青草专门投向它，它顿时由失望变得兴奋起来，赶紧低下头大口地吃起来，等别的猪反应过来争食，它已经吃下去很多了。

有一个场景我也不曾忘记，就是给猪捉虱子。猪由于生活环境使然，身上容易滋生虱子，尤其是耳朵后边和腿肘弯儿等比较隐蔽、柔软、细嫩的地方，更是虱子的藏身之处，往往三五成群，在那里撅着屁股吸血。猪生了虱子后，身上痒痒，常常会在猪圈墙上蹭来蹭去。父亲发现后，就叫上我帮忙，并且让我拿着一个小瓶子，里面装上半瓶水，爷俩下到猪圈里，开始给猪捉虱子。猪刚开始见有人下来有些害怕，绕着圈儿四处躲，父亲一边轻声"噜——噜——"地叫着，一边伸着手在猪身上轻轻抓挠，猪感觉到了父亲的善意和挠痒痒的舒服，很快就安生了下来，紧接着就躺下来，伸着腿儿，袒露着肚皮。父亲蹲在猪跟前，一会儿翻翻耳朵，一会儿扳一扳腿，一边捋着猪毛，一边把藏在毛根儿的一只只胖得发亮的虱子捏起来，丢进旁边盛着水的瓶子里淹死。

父亲在给猪捉虱子时，猪总是很配合，躺在那儿一动不动，眯着双眼，还时常哼两声，一副很享受的样子。等这边身上的虱子捉完了，父亲拍拍猪，再扳动一下身子，猪就明白了父亲的意思，就势翻个身儿，仿佛听话的小孩子一样。

猪圈的下面是盛放猪粪的大池子。人的粪便也会从厕所里掏出来倒进去，还有牛羊鸡鸭等动物的粪便。等到春暖花开的时候，气温上来了，晒得猪粪池里开始不断冒泡泡。见此情景，父亲很有经验地说，这一池粪沤好了，该出圈了。于是，父亲选择一个响晴的天，脱去外套，穿上雨靴，再将一块长条木板搭在粪池上。父亲的动作很麻利，站在木板上，叉开双腿，双手紧握铁锨，用力挖起一锨粪来，顺手甩到猪圈外的空地上。这是个力气活，父亲也是歇息一会儿再接着干，就这样需要大半天时间才可以将猪粪挖完。猪粪是有机肥，比化肥似乎还有营养，所以凡是施过猪粪的庄稼，长势都非常旺，收成自然也很好，故有"猪多肥多粮食多"的说法。

猪在人们的心目中是最懒惰的，只知道吃了睡、睡了吃，过着无忧无虑的生活。正因如此才长得较快，如果它们知道一生的终点是被宰杀后让人吃肉，也许就不会那么匆忙赶着长肉了。进入腊月后，屠夫就来到村子里收购肥猪。母亲闻讯匆匆忙忙给喂了一年的猪再喂上最后一桶猪食，这一餐完全是用上等饲料做成的，对猪来说是盛宴。这样做的原因有两点：一是因为想着它就要与世永别了，即使是动物也是有感情的；二是多吃一口就增加一点儿体重，也就等于增加钱。那年，邻居二大爷家卖大肥猪时，刚要称秤，猪拉出来一大坨屎，看样子有成斤，只见二大爷蹲在那里握住旱烟猛抽了好几口，接着心疼地说："好几块钱没有了。"

更多的家庭都是将猪卖掉，舍不得吃。其实，杀年猪是一件很有趣的事，具体详见《杀年猪》一文。大多是在大寒过后的几天进行，那时才真正感受到年的味道。

家畜（四）

家畜当中个头较大的当数牛、马和驴子。

黄牛在先秦时期，广泛应用于祭祀礼仪中，并成为等级最高的祭品。"牺牲"二字的偏旁都是"牛"字，即为此意。春秋时期，随着铁质农具的发明，黄牛开始被广泛用于农耕劳作。其实，牛自从出生来到这个世界，走入农家那天起，就成为农家的一分子，成为农家、农事、农村不可或缺的重要部分。村子里有二三十头普通黄牛，水牛却很少，这主要是地理位置决定的。

牛吃草很有意思，总是用舌头舔着吃。那柔软的舌头，仿佛一把小镰刀，把杂草之类的东西掠夺到胃里。它吃累了会抬起头来，看看苍黄的天空或远处，"哞"地叫一声，眼睛里充满迷茫，然后开始慢慢反刍，尤其是静卧的时候，嘴角还会有黏黏的胃液流下来。

水牛的身体庞大，弯弯的角，看到它不禁使人想起牧童骑在牛背上吹奏笛子的江南水乡的美丽画卷。黄牛的角短短的，个子比水牛要小些，不会水，我从未见过黄牛在水里游泳，它们与村里的某些人一样，是旱鸭子。而水牛就不同了，看见水塘或泥坑，就拔不动腿，挣着缰绳过去，沉浸在水中不愿上岸。盛夏，水牛的很多时间是在水中度过的。水牛的力气要比黄牛大得多，行动比较迟缓。水牛还有一个优点，即愿意驮着人行走，而黄牛却不肯。

不论是黄牛还是水牛，公牛都是比较凶的。

牛犊生下来的最初几天站立起来很吃力，总是摇摇晃晃，让人有些担心。牛犊浑身被其母亲舔得油光闪亮，睁着水汪汪的大眼睛，跑前跑后，愣头愣脑，活像顽皮的幼儿，憨态可掬，一副天真无邪的样子。有时我想，动物与人一样也有快乐的童年，只是相对于人来说短了不少年，不过对于一头牛来讲，这短短一两年的童年时光，也许是一生中最幸福的一段光阴了。当它的角长出来且变得越来越坚硬时，就要担负起牛的使命了。那年我目睹了小牛被扎鼻子的过程，小牛很痛苦，我的心里也不是滋味。

二大爷把小牛召唤到身边，狡黠地笑了笑。调皮的小牛犊哪里知道厄运就要降临到它的头上，瞪着一双乌黑发亮的大眼睛，是那样的清澈、无邪。二大爷抚摸着小牛犊的脑袋，使了个眼色，冲上去几个青壮年人，小牛犊还没有反应过来便被放倒在地。那几个人使出吃奶的劲儿，牢牢按住小牛犊的几个部位，使之动弹不得。二大爷拿出早已准备好的筷子大小的铁锥子，从牛鼻孔壁穿过，拔下锥子接着迅速将铁环穿进去，疼痛难忍的小牛犊这才得以解脱，喘着粗气，鼻孔流着血，跑到老牛的身旁。老牛仿佛没有哀怨，没有惊慌，只是用舌头舔着小牛，好像在安慰自己的孩子，要学会宽恕、忍耐及从容，眼里充满怜爱、无奈和慈祥。

成年的牛鼻子上都要戴着铁环，戴得久了就会磨得锃亮。铁环和两个套在牛角上的铁环紧紧连着，拴牛的绳子就系在铁环上。从此，它就被绳子、铁环束缚一辈子，不论是在劳作还是在行走或休息，都要被那根绳子牵引着。人把它牵到哪里，它就跟着走到哪里，失去了自由，一直到它死去。"被人牵着鼻子走"这句话也许是从这里得来的吧。其实把牛拴住是多余的，它不会自己走出去很远，因为很本分，就像老家的一些人，一辈子也没有远离过自己的村庄。

公牛还要经受一次更大的痛苦。人们将成年且未骟的公牛称为牤牛。牤牛长到一定的年龄，雄性激素就会过剩，膘肥体壮，就是不正干，干活也不安分，更主要的是，见到母牛就冲动，动辄"耍流氓"，哪怕是众目睽睽都一副旁若无人的样子。主人想管管它，它还使性子不愿意听招呼守规矩。

每到这个时候，主人就要开始行动，只有让牤牛变成老犍才会安分守己地过日子。老犍可以说是牛中的"宦官"，没了非分之想，见了母牛再也不会冲动了，面对现实忍辱负重，表里如一，中规中矩，立志夹尾巴做牛，稳稳当当过一辈子。

其实，牛的生活是一种精神，一种态度。它不像骏马那样时常骄傲地昂起头，得意地嘶鸣，而是默默埋头负重前行，吃苦耐劳，无怨无悔，始终如一，从不炫耀，我想这就是人们经常把品质优秀的人称为"老黄牛"的重要原因之一吧。牛经年累月地承担着耕、耘、拉、碾等所有繁重的活，几千年来它和人类相依如友，试想假如这个世界没有牛的到来，农耕社会的发展又会是什么样子呢？真的不好说。

家畜（五）

路遥知马力，日久见人心。可见马的耐力很强。日行千里，夜行八百，指的就是马，是指它善于奔跑，在过去它是最快的交通工具。老家的马有纯白色的，也有枣红色的，毛色光泽犹如涂脂，虽长相俊俏但大多性子刚烈，尤其是陌生人不敢轻易靠近，用蹄子踢人是常用招数。在老家，养马主要还是用来拉车，没有发挥特长，对它来说的确有些"屈才"。

"懒驴拉磨屎尿多"，这虽是贬义的话，但也说明了驴子的主要用途。在机械化程度不高的年代，人们吃面主要靠它去拉磨。它被蒙上面罩在原地转圈儿，不厌其烦且很卖力。此时的驴子沉默寡言，一声不响，好像一个喜欢思考问题的哲人，在枯燥乏味的循环往复中，思考着一个高深的问题。除了拉磨之外，拉物驮人，犁田耙地，负薪负辐，它也都很能干，累活苦活从不计较。挺直的腰杆把沉重的农活勒进光秃秃的背里，土地肥沃了，收获了，毛驴瘦弱了、衰老了。年复一年，除了干活还是干活！如此一直到生命的终了。

如此辛劳的驴子却没有一个正式的名字。黑驴、白驴、草驴、骟驴、犍驴、叫驴、蠢驴、死驴，都是它的名字。驴脸、驴肝、驴脾气、驴日的，人们把最难听的话、最屈辱的事都往它身上推，把最脏的水都往它身上泼。尽管如此，它既不叫屈，也不申冤，主人让干啥就干啥，一如既往，无怨无悔。吃得饱与不饱都得干，吃得好与不好都得干。骡马干一场活，要吃一顿精料。这样的优待，毛驴从来不敢奢望。干活是它的本分。活着一天，就撑着身子干一天，很少白吃主人的饭。

如果对它尊重些，也只好称其为毛驴，一个"毛"字也多少显得有些不稳重，跟人们称呼那些办事不牢靠的年轻人一样，往往也在前面加上一个"毛"字。就这样，它背负了几千年的恶名。

十二生肖中有牛、马、羊，却没有驴的位置。中国象棋里有"马"，也没有"驴"，我猜主要是因为它会偶尔发发倔脾气的缘故吧。有时驴脾气一上来，就会不听使唤，耷拉着脸，梗着脖子，主人也奈何不了它，显然是一个爱憎分明、倔强、任性、有个性的家伙。

驴子天生是一个高音"歌唱家"，其叫声可谓一绝，在乡村鸡鸣犬吠牛马叫的协奏曲中独树一帜。"啊"的一嗓子，高亢嘹亮，却又峰回路转，突然间跌落下来，如此几个来回，便把其他牲畜的声音给压下去了。

人们对驴叫的描述正负面都有。有的以驴叫比喻虚张声势，然而有的人却将驴叫奉为天籁之音，如崇尚自然率真的魏晋风流名士喜欢模仿驴叫。

建安七君子之一的王粲41岁病逝，魏文帝曹丕屈尊出席他的葬礼，由于王粲生前爱听驴叫，故率众各学一声驴叫，来为之送别。顿时，旷野之上，弥散着"驴子"的悲鸣。后汉，孝子戴良为了让喜听驴叫的母亲高兴，常常学驴叫。类似的事情在《世说新语》中也有记载。可见古人有以驴叫为美的，想想也有道理：驴叫时昂首挺胸，气沉丹田，口腔、颅腔、胸腔、腹腔共鸣，五脏六腑一起震动，和那些喜欢站在高处练嗓子的人是一个道理。驴子在世界上能遇到如此众多的"知音"，确实是莫大的欣慰。

读诺贝尔文学奖得主希梅内斯的小品文集《小毛驴与我》使我十分感动，他已将驴子视为儿子："亲爱的普儿，如果你比我先死，你不会被差役的小车载到咸湿的沼泽……我会将你埋葬在你深爱的松园里，那棵圆形大松树的脚下，让生命的宁静与欢乐陪你。"他还为驴子遭受人类的蔑视、污辱而不平："大家应当把好人叫作驴，把坏驴子叫作人才对。"此观点为一家之言，显然有失偏颇，但有一点可以说明，他爱驴子胜过亲人，仿佛在向亲人倾诉衷肠。

有句话说："马背上出将军，驴背上出诗人。"的确，很多诗词名篇都是在驴背上吟诵出来的。诗圣杜甫曾写下名句："骑驴三十载，旅食京华春。"他骑了三十多年的毛驴，很多诗句都源于在驴背上闪现的灵感。诗人贾岛边骑着驴子边思考"推敲"二字的用法。与驴有不解之缘的文人墨客不胜枚举。想想看，诗人在驴背上观景赏花，触景生情，灵感被激发，该是何等的惬意！我虽从小在乡村长大，却从未有过驴背上的时光，不能不说是一种遗憾吧。

总之，毛驴是忍辱负重的，一辈子生活得非常艰辛。心中的苦只有自己知道，痛苦的眼泪只能往肚里咽。虽然人们对它褒贬不一，但这家伙又很超脱。它吃尽一辈子的苦，流尽一辈子的汗，不留下一句怨言，不留下一件遗愿。等到命归西时还将自己的肉给人们吃，自己的皮和骨给人们用。赤条条地来，赤条条地去，不享用一抔黄土，宛若清风。这也许就是毛驴的命运。

还有一种动物看似马实非马，看似驴实非驴，个头和长相介于马与驴之间，它就是马与驴交配后生下的孩子——骡子。骡子的数量相对于马和驴来说要少很多，原因不得而知。在我的印象中，骡子也是农人的好帮手。骡子的主要缺陷就是无法传宗接代，这对它来说是不公平的，更是一种遗憾。

其实，老家的不少人，又何尝不是一辈子做牛做马呢！短暂的青少年时光过去即成亲生子，日出而作、日落而息，既没有出过远门见识过，也没有在物质上有什么享受，充其量只是填饱肚子，不受冻不挨饿。等衰老的时候，不能再劳作的时候，他们像牛马一样回到屋子里，忍受着寂寞与黑暗。直到有一天，他们像灯油被熬干，风烛残年的日子悄声无息地结束了，也就走到了生命的尽头。

其他

夏季来临,我的回忆总和蛙鸣联系在一起。

我几乎是伴着蛙鸣长大的。不但在"稻花香里说丰年,听取蛙声一片"时,而且在仲春初夏每一时每一刻都少不了它。夏夜更是属于蛙的舞台,当星星点亮夜空,当萤火虫提灯前来观看,蛙便开始激情上演了。尤其是一场雨过后,池塘边、马路上、田地里、沟沿上到处都是跳跃的蛙们,它们鼓着圆圆的大眼睛,对面前的行人丝毫没有惧怕的迹象,想唱就唱,想跳就跳,一副旁若无人的样子。

蛙是故乡的精灵,是大自然的歌手。它们歌唱时神情异常投入,个个都唱得胸前鼓起两个大大的气泡。蛙鸣有急有缓,时深时浅。虽然蛙的叫声单调而聒噪,但那是生命的力量,是发自内心的呼唤,让人心生震撼,给人一种美好奋进的感觉。我情绪低落时,听到蛙鸣,内心很快就涌动向上的力量,心情格外的惬意。蛙鸣是励志的篇章,是梦想的序曲。蛙鸣叫得最欢畅的是雨后的黄昏。雨停之后,便会有蛙声响起。在我看来,青蛙的鸣叫是容易互相传染的。只要有一声独唱,瞬间便引起一片蛙声，高的、低的，一阵阵、一声声，此起彼伏，绵延不绝，相互交融，轻缓悠长。

对蛙鸣有着比较深刻的认识和记忆的是在复习迎考的日子里。

那时，为了营造一个安静的学习环境，家人帮我找到位于村外的一间小茅草屋作为学习室，这间小屋本是主人夜间看护鱼塘的值班室。茅草屋的后面是一片小树林，旁边有一方近200平方米的池塘，池塘的一隅还种了莲藕，岸边杨柳依依，周围是绿油油的田野，别有一番景致。我学习累了休憩时，总爱站在小塘边欣赏景色，当然免不了观看大大小小的青蛙们在荷叶间上蹿下跳的情景。塘边潮湿阴凉的土地和草丛是青蛙们进退自如的场所。它们平日蹲在岸边捕食，一遇到风吹草动，就纵身跃入水中，眨眼间，数米外的水面就会有貌似豌豆粒的小眼睛探出来察看"敌情"。当太阳落山后，黄昏的暮霭像轻纱一样笼罩着田野的时候，这里就成了青蛙的剧场，蛙声便逐渐热闹起来，它们躲在黑暗里，兴致勃勃地唱起了夜的序曲，纵情彻夜。简直就是绿色世界里一场免费的音乐会，让欣赏的人为之陶醉。

据说，蛙鸣就像人类在相亲会上唱情歌，旨在引起异性的关注。雄性的青蛙最爱唱歌，它的发音器官为声带，有的口角两边还有能够鼓起来振动的外声囊，声囊产生共鸣，使叫声更洪亮。有时候是一只孤独的青蛙，只是偶尔叫上一两声。只有大量的青蛙聚集在一起的时候，才会出现像雨天屋檐下的雨滴，因为密集而连成线，接连不断，继而成为大合唱。那歌声有很强的穿透力，连夜空里的星星都好像被震动了。于是歌声便从黄昏一直持续到深夜。

蛙是温顺的，也因此成为孩子们的玩物。

有时与小伙伴到池塘边玩耍，会看到有几只青蛙身子泡在水里，只有小脑袋露出水面，瞪大眼睛任性歌唱。循着蛙声，沿着水边，看见许多青蛙蹦出池塘到了岸边。顽皮的我们试图捕捉一只，可是青蛙的警惕性很高，总与我们的身影和脚步保持一定的距离。分明就在前方牵引着我们，甚至是挑逗着，等到走近时，它们又敏捷地跳进水中，伴随着"扑通——扑通——"声，原本平静的水面泛起了一个个美丽的涟漪，消失在我们的视野里。一会儿，水面上又会露出一双双小眼睛，机警地望着岸上。

女孩子却对青蛙的幼体小蝌蚪感兴趣，常常带上罐头瓶子到池塘边捉上几只小蝌蚪带回家养着。这些小生命用圆圆的身子拖着一条细细的长尾巴，仿佛一个个动听的音符，游动起来左右摇摆，如果放大了声音，一定会敲奏出很美妙的音乐。在孩子们的眼里，小蝌蚪也许是水里最可爱的小生命了。

非名牌大学不上的我，突然改变主意，毅然决然去参军。时值我军部队征兵工作改革，由原来的冬季征兵调整为春季，我应征录取，来到苏南的某名城。

熄灯号吹响后，营房便寂静了下来，我却久久因思念家乡亲人，不能安然入睡。当时通信技术不如现在发达，思念亲友的表达方式主要是书信。一位要好的同学在给我来信的结尾出乎意料地写道：信里送上一阵老家的蛙鸣，请在江南的你静心细听。在我看来，这虽然不是温馨的祝福，却赚得我一夜的思乡泪。倒不是苏北的蛙鸣有什么特色，是因为身居异乡城市的我，想听到几声蛙鸣也不是一件十分容易的事。

后来，我转业回到徐州安家，结婚生子。转眼间，儿子已蹒跚学步，那年夏天，我利用公休假的时间带上儿子回老家探望父母。一来让儿子"寻根"，二来让儿子亲近大自然。母亲早早为我们腾出一处砖瓦结构的单间房，这下与蛙鸣更近了，屋后不足二十米便有一处约100平方米的水塘。"咕呱——咕呱——"的蛙鸣声打破了宁静的夜空，我仔细聆听蛙声的每一个节拍，每一个音符。开始时七零八落，不一会儿就此起彼伏，再过一会儿，似乎相约同声，群蛙齐鸣，节奏繁杂，仿佛课堂上学生们自由的朗读声。夜间的蛙鸣，如波涛汹涌，如万马奔腾，如狂风暴雨，如列车轰鸣，群蛙发出节拍整齐、震耳欲聋的号子，一声声锲而不舍地、有力地冲击着满天星斗，仿佛星斗也跟着颤抖和闪烁。望着明月，会觉得世间如此美好，蛙声如此动听。我沉浸在令人心旷神怡的一片蛙声中，思绪万千，窗外的蛙声与心头的音符仿佛在合奏着一支唯美的交响曲，所有烦恼都被抛到九霄云外了。

儿子似乎有点儿不习惯，辗转反侧。我一边哄他入睡，一边倾听这交响乐。这蛙鸣对我来说是久违的、熟悉的，更是亲切的；对打小在城市生活的儿子来说是陌生的、新奇的，甚至是反感的。不几日，儿子也习惯了，就是它们"大合唱"时，也照样酣睡不误。晚上枕着蛙鸣入睡，不但没有觉得吵闹，反而当成了催眠曲，很快进入了甜美的梦乡。

有几个深夜，我都听到屋后的水塘边有轻微的脚步声，以及蛙们纷纷跳水的"扑通"声，蛙声暂时停息，蛙的演唱会也因此中止，但是人刚一走，它们又扯开嗓子昂扬兴奋地高歌。尽管如此，稍加留意，便会感觉到已经没有往日那样铿锵有力了。也许蛙的鸣叫，并不存在欢歌与绝唱的情绪差异，但是在我听来，不管是什么腔调，都越来越像末路者的绝唱。

《旧唐书·五行志》里说："古者以蛤为天使也，报福庆之事。"《天中记》里则有"蛙能食山精"的记载。从前人们无力掌握自己的命运，只能寄情于天地间的一事一物，于是蛙也被神化了。其实，在现实生活中，蛙的确是庄稼的守护神。据说，一只蛙一年捕食的害虫可达一万余只，可谓是害虫的克星。蛙多了，虫害自然会减少，庄稼的收成也就不会受到影响。伴着蛙鸣，庄稼拔节快长，瓜果孕育甜香，蛙鸣成了一曲丰收的乐章。后来听母亲讲，近些年蛙鸣是越来越稀了，庄稼的病虫害也越来越多，已直接影响到收成和生态平衡。原因是它们已成为人们餐桌上的一道美味。

蛙的哀鸣，仿佛在呼唤人们的生态环境保护意识。人们不能再大量捕食它了，这不仅是为我们自己，更重要的是为了未来，为了子孙后代。

第二辑　植物

　　村庄的周围全是树林，每一家的房前屋后都有树，其实就是在林间生活。行走在乡村里，各种品种、各种姿态的树木高低不同，粗细不一，装点着乡村风景。树是乡村的名片，是乡村的表情，是乡村一年四季随季节不断变化的妖娆身影。

家常菜（一）

房前屋后都是菜园。家家户户几乎每天要在太阳出来之前去摘菜。因为有好多蔬菜、瓜果要趁早晨有露水时去采摘，这样才能保证味道的鲜美。每天清晨，主妇们提着菜篮子沐浴着晨曦来到各自的菜园里。由于早晨的露水大，鞋袜和裤腿无不被露水打湿。

黄瓜喜水，天天浇水才长得快。父亲说，用心听就会听到黄瓜生长的声音，我却不信。不过，在我眼里可以得到验证的是，头天傍晚浇水时，黄瓜刚盈寸，翌日晨，黄瓜已接近半尺，真是一天一个样。看着那细长顶花带刺的黄瓜掩在绿叶间鲜翠欲滴，真的不忍下手。

凉拌黄瓜、酸辣黄瓜几乎是夏天每日不可缺少的爽口下饭菜。女人们尤爱黄瓜，因为黄瓜含有丰富的维生素，能加强胃肠蠕动，是理想的减肥蔬菜。

西红柿喜欢大大小小挤在一起，仿佛要打起架来，青红相间，亲密无间。判断西红柿是否自然成熟的法子很简单，只要看颜色就知道，红透的西红柿带着晶莹的露珠，有的还炸裂开几道口。西红柿要经常整枝打杈，否则，就会疯长枝叶很少结果。与其说西红柿是蔬菜不如说是水果，摘下来就吃，清凉爽口，尤其是沙瓤的西红柿，酸甜适度，汁液淋漓，想起来就垂涎。如今的西红柿没等自然成熟便匆匆上市，为了好看只好涂抹催红剂，吃起来再也没有了往日的味道。

八月园中的菜都成长起来了，是一年中品种最多的时候。长长的豆角顺着架子逶迤而下，有的半米多长，颜色以青绿为主，也有紫色的。尖尖的辣椒若隐若现，尤其是红色的，在绿叶的衬托下煞是好看。葱仿佛列队欢迎的士兵，虽不谙世事却能在不动声色的土里彰显出严肃的温情，每顿饭似乎都离不开它，少了它就觉得饭菜没有滋味，其重要性由此可见一斑。

白菜那微胖的身段，永葆平民本色。从我记事起，大白菜就是老百姓的家常菜，家家户户都要在地头、场边种上一片。秋冬的田野，除了绿油油的麦苗，放眼入目的就是那一片片用草绳捆扎着的大白菜。"五花大绑"的目的就是让大白菜能够长出一颗实实在在的"心"。多少年来，无论蔬菜的品种怎样更新换代，白菜却以不变应万变，其地位似乎不可撼动。每年的冬季老百姓依然将白菜作为当家菜，隔几天不吃似乎就想得慌，对它有一种特殊的情怀。

在那个温饱似乎还有困难的年代，大白菜几乎每天都要登上餐桌，成为人们糊口的主食之一。每当进入冬季，家家都要储存数百斤白菜应付过冬。

冬天一到，白菜屁股底下挨一刀，从此离开生长的地方。刚下来的白菜水汽太重，搁置几天风干表皮，才能进入白菜窖。白菜窖是个量体裁衣的池子，宽度以并列排放两三棵白菜为宜，约一棵白菜的高度，长度根据白菜多少而定。最简单的就是挖成长方形，池子挖好后，往里码放白菜，就像集体婚礼一样，两个一对，两个一对，大头朝下，不准歪斜，不准空缺，全部挤满，覆土、回填，白菜窖的中间部位还要插上几根玉米秸，既是透气的鼻孔也是鲜明的标志。每年做完这些，都是由衷的高兴，那窖藏的不仅仅是白菜，更是备粮过冬的充实。

每次吃之前，先用铁锹铲去覆盖在上面的土，然后用手小心翼翼地扒掉四周的土，生怕伤害了白菜，从地窖里抱出来一两棵。拿回家揭掉表面的蔫巴叶子，或直接喂猪羊，或切碎后喂鸡鸭鹅，剩下翠嫩的白菜就可以吃了，就这样一直吃到开春。

我小时候，最爱吃母亲做的白菜炒肉丝。每年春节，我家要来很多亲戚看望奶奶。母亲每次都会做这道菜。在我眼里，这道菜就是母亲的绝活。肉丝先下锅煸炒，接着将切成细丝的白菜帮下锅爆炒至断生，随后添加点儿香醋，这样炒出来的白菜爽脆，吃起来有种酸溜溜的感觉，肉丝与白菜帮真是天生的绝配。亲戚们在父亲的陪伴下，悠闲地喝着小酒，吃得更是津津有味，室内洋溢着浓郁的节日气息。

白菜的吃法有多种且简单，它具有广泛的包容性，与任意的食材和作料合作起来都很契合，甚至会出现超出预期的结果。其他叶子菜难免娇气，多加一把火，颜色就不好看，口感也败了，瞬间老去。相比之下，白菜要有风范得多，下锅时间短些，脆甜；下锅时间长些，甘甜。有条件的人家，往往将猪肉与白菜放在一起炖，再加上一缕自己制作的粉丝，那味道让人老远闻到就垂涎。

常言道："百菜还是白菜美，诸肉唯有猪肉香。"由此可见，将白菜誉为蔬菜之王并不为过，而且早已是众口皆碑。在我看来，百菜不如白菜。老家人往往称之为大白菜，一个"大"字彰显出白菜的地位和块头。

古人称白菜为菘。陆游的祖父陆佃在其作品《埤雅》中这样给出解释："菘性凌冬晚凋，四时常见，有松之操，故曰菘。"将相貌平平的大白菜比作松树——这位植物界的皇族，可谓是对大白菜最高的器重和褒奖。陆游也写过一首《菘园杂咏》："雨送寒声满背蓬，如今真是荷锄翁。可怜遇事常迟钝，九月区区种晚菘。"祖孙俩如此欣赏大白菜，实属罕见。

冬季来临，当所有的蔬菜都离开菜园的时候，一棵棵大白菜依然可以在北风中屹立不倒，真的像极了同样耐得住严寒的松树。

何以过冬？唯有食菘。一入冬月，没有什么蔬菜的滋味能抵得过大白菜了。

唐代学者李延寿在《南史》中说，齐国周隐居钟山，其好友王俭问："山中何食为佳？"答曰："初春早韭，秋末晚菘。"看来唯有春初的新韭可以和白菜平分秋色。北宋文豪、美食家苏东坡还专门写过一首诗夸赞大白菜，"白菘类羔豚，冒土出熊蹯"，比喻大白菜像小羊羔和小猪肉一样好吃，简直就是土里长出来的熊掌。宋代范成大以《菘》为题："拨雪挑来踏地菘，味如蜜藕更肥浓。朱门肉食无风味，只作寻常菜把供。"清代叶申芗《霜天晓角·白菜》："菜根风味，无过秋菘美……"而在鲁迅先生的笔下，白菜俨然与水果待遇等同：用红头绳系住菜根，倒挂在水果店头，且起了一个好听的名字——胶菜。

白菜缘何受到如此多的文人墨客的赞颂。我想，除了它可以解决温饱且含有丰富的营养价值之外，就是药用了，正如《本草纲目》中记载："白菜汁甘温无毒，利肠胃，除胸烦，解酒渴，利大小便，和中止嗽。"这样的菜怎能不受欢迎呢！

白菜也经常成为画家的题材。清末画家吴昌硕曾劳作田垄菜圃，他画出的白菜形神俱备。他曾画过一棵带根的小白菜，配上一根儿带根的红萝卜，题曰："咬得菜根，定天下事何不可为？然这菜根辣处亦难咬，却须从难咬处咬将去。"此作品不但散发着泥土和白菜的气息，而且升华成一种人生哲理，让人品味无穷。齐白石老人更是直接将白菜封为菜王，他曾画过白菜并题曰："牡丹为花中之王，荔枝为百果之先，独不论白菜为菜之王，何也？"于是，菜中之王的美誉就赋予了朴素平实的大白菜。

大白菜充满了浓郁的人间烟火气息，始终和人们的日常生活联系在一起，几乎伴随人们度过整个秋冬季节。它从长出幼芽到绽放出美丽的花朵，其无私而高尚的品格让我感动。纵观白菜成长的过程，总能感知到它的朴实无华和永不张扬的性格，它总是喜欢把自己的心紧紧地包裹着，实实在在地成长着，表里如一，无私地奉献着自己的全部。在严寒的冬季，当很多蔬菜都畏惧严寒而不能生长时，它却依然可以为大地增添一抹绿色；它又成了百姓饭桌上的家常菜，融入大众生活，是那么的亲切、朴实，让人难以释怀。

家常菜（二）

红红的萝卜，碧绿的韭菜、菠菜、小葱等，真是春色满园，应接不暇，常常不知摘什么菜好。

在众多的蔬菜中，韭菜也许是最好养活、最省心的吧。韭菜整齐地排列着，令人想起千年的礼仪。一次种植后可以连续收割多年，割了又长，长了又割，似乎无穷无尽。

俗谚有"天九尽，地韭出"，当在《九九消寒图》上用色笔填满最后一朵梅花的时候，数九寒冬就过去了。地上的春韭经过漫漫长冬的沉寂和等待，开始乘着春光悄悄地探出了头。春风吹拂，春雨滋润，很快就出落得水灵娇嫩，楚楚动人，散发出一种淡雅的清香，不仅让人们看到了早春的颜色，还让人们嗅到了早春的味道。

"九尽椿芹韭当先，三春鸽鸠鹌正肥"，香椿芽、芹菜芽、韭菜芽，一同号称"早春三友"。

最好吃的韭菜当是惊蛰后地里冒出来的头刀春韭芽，叶不太宽，身不太肥，根部呈紫红色，凝重碧绿，四五指长。因为这些韭菜是农家大地里经过冰雪的洗礼，又迎着春风自然生长的。这时候的菜畦是土黄色的，没有夏天的水灵，没有秋天的丰腴，但是比起冬天的萧条，远远地多出了几分生机、几分希望。那生机就是这春韭，那希望也是这春韭。

韭菜的吃法有很多，但最常见的还是韭菜配鸡蛋、虾皮等辅料。《礼记》也说："庶人春荐韭，配以卵。"大概是说韭菜配鸡蛋的妙用吧。春韭、农家土鸡蛋、柴火、土灶，把锅烧热，浇上一勺菜油，等锅里发出吱吱的声音时，把鸡蛋液倒进去……炒出来的鸡蛋黄亮亮，韭菜绿生生，黄绿相间，浓郁绵长。

韭菜拌鸡蛋、粉丝、木耳、虾皮等制作成馅儿，包饺子，也是春日里不可多得的一道美味。

韭菜盒子，在平底铁锅里用油煎得焦黄，热气腾腾地端上来，轻轻地在边角上咬开一口，里面的鸡蛋韭菜馅儿露了出来。在金黄的鸡蛋陪衬下，剁碎的韭菜仍保持着刚从地里长出的那份碧绿，黄绿相间，秀色逼人，不要说吃，想着就会垂涎。

韭菜煎包是家乡一年四季的早点美食。韭菜、粉丝、鸡蛋等组合在一起，被包裹在白白的发面里，然后放进平底煎锅，一会儿工夫，煎包就变得浑身臃肿起来，等煎包与锅底接触的部位结成嘎巴的时候，再放入适量的油，很快嘎巴就会变成金黄色。热气腾腾的煎包出锅后，身上散发着细微的气泡，那是油与水的结合体，轻轻咬上一口，里面碧绿与金黄的馅儿便呈现在眼前，韭菜的味道随之弥漫开来，顿感食欲大增，一口气吃上十个八个才觉过瘾。吃着煎包喝着热粥或辣汤，真是妙不可言。

韭菜不但是道好菜，还可入药。它又名起阳草，属百合科多年生草本植物。医书记载：韭菜为振奋性强壮药，有健胃、提神、温暖作用，适于肝肾阴虚盗汗、遗尿、腹痛，妇女月经病、痛经，跌打损伤、吐血等症，根、叶捣汁有消炎止血、止痛之功效。医药常常把韭菜用于补阴虚、调理精关不固等，是男女房事后常见病的最常用的食疗菜。就连《本草纲目》上都明明白白地记载着"正月葱，二月韭"，可见二月生长的韭菜最有利于人体健康。

韭菜也入诗。最具代表性的莫过于诗人杜甫的《赠卫八处士》："夜雨剪春韭，新炊间黄粱。主称会面难，一举累十觞。十觞亦不醉，感子故意长。明日隔山岳，世事两茫茫。"夜雨绵绵，剪韭待客，韭香情浓，在千百年的世事茫茫和人间沧桑中，滋味浓郁悠长。

韭菜堪称大俗大雅的蔬菜。在我国韭菜有几千年的种植史，它和茶叶、桑树一样，传承着中国传统文化的基因。《尚书·夏小正》中就有"正月囷有韭"的记载。《诗经·豳风·七月》中也有"四之日其蚤，献羔祭韭"的描写。那时的韭菜和羊羔并列为祭品，用来祭神或祭祀祖先，可见在古人心目中韭菜是家常菜，亦非家常菜，在蔬菜中地位很高。

"辣"字在中国出现得较早。《广雅》中解释："辣，辛也。"《通俗文》中解释："辛甚曰辣。"但这时的辣味多指花椒、生姜等，与辣椒无关，因辣椒是舶来品，明朝才传入我国，最初叫"番椒"，因其味辣，才改为中国名字——辣椒。

辣椒的品种很多，形状也各不相同，有的像柿子，有的像毛笔头，有的像灯笼等，其形状不同，辣的程度也不同。辣椒原本是调味品，在生活条件艰苦的年月，却成了餐桌上的主菜，因其辣而使人饭量大增。

辣椒的生命力很顽强，且不需太多的管理，只要栽下小苗，浇点儿水，就会苗壮成长，房前屋后的空地或成片的田地，都能看到它的身影。辣椒从夏初就开始吃，一直吃到秋末叶子落，人们将吃不完的红辣椒用细线穿起来挂在屋檐下，在寒冷的冬日里，那红艳艳的辣椒带给人们持久的暖意，似乎也能把日子照得红红火火。

眉豆是一种很奇特的植物。春天时只要随便点上几粒种子，夏天时便会看到蓬勃养眼的碧绿。它以母性的姿态努力攀爬。任何的枝儿、棍儿、架子，哪怕是墙都是它向上的扶手，都会以所向披靡的姿态攀爬过去，缠绕万千，丝丝缕缕，像一个野性十足的孩子，稍有机会，都会乘势而上。

眉豆花儿一串串全是紫盈盈、白生生的，花儿小如蝶翅，在绿叶间若隐若现，让人看上去徒生几分欢喜。白露过后，秋意渐浓，别的花儿谢了便不再开放，似乎唯有眉豆花儿一茬接一茬，开了谢，谢了开，结出小小的眉豆荚，仿佛翠绿的眉眼，又如一弯镶着紫边的绿月亮，一串串挨挤在一起，簇拥在一起，与秋天赛跑。

除非留作种子的可以一直挂在藤上慢慢变老，吃不完的眉豆都会及时摘下来，用开水烫一下，放在秋阳下晾晒，几天之后，翠绿的颜色变成了老黄色，晒干后储存起来，留待冬天食用。

十月里，秋风起，天气凉。园中的蔬菜也许只有大白菜、菜花、包菜、笋瓜、茄子、辣椒、辣萝卜与胡萝卜了。丝瓜、瓠子、豆角、眉豆等蔬菜的绿藤也开始变得枯萎，尤其是霜降过后，菜园里更是满目萧条，生机勃勃的样子只是夏日的记忆。

在我的记忆里，有一种白茄子，等到茄子快摘完的时候，茄棵竟又疯长起来，接二连三地抽出新枝条，最后竟长得像小树一样茂盛，根也似乎又扎深了，拔掉的时候要费很大的劲儿。最后几只茄子比旺季时结出的茄子稍小些，也许是经过了秋风的洗礼，秋茄子做成菜有点儿涩涩的味道，但特别好吃、有韧劲儿，如果蒸吃最好放点儿蒜末，那样味道更美。

最有味最好吃的做法还是将茄子去皮、切片（最好是切连刀），然后将用肉末、香菇、豆腐干之类的主原料做成的馅儿，放在两片之间，再用面糊包裹起来，放入油锅炸至七八成熟，外皮呈金黄色，这样用高汤炖一下装盘就是一道美味佳肴。这也不难看出人们为何要粗菜细做了。

家常菜（三）

秋收后，开始种大蒜。将带芽的或没有芽的蒜瓣儿竖立起来埋在土里，一行行一排排。十余天，嫩芽就会从地面探出头来，娇娇嫩嫩，却有着天生的免疫力。家畜家禽不吃它，甚至连虫子也敬而远之，任凭风吹雨打，照样无忧无虑地茁壮成长起来，直到秧苗枯萎，一地苍黄时，它依然青绿，不畏严寒，令人钦佩。

大蒜还可以派生出蒜薹。春夏之交，清脆的、嫩嫩的蒜薹便从蒜苗里悄悄钻出来，喜欢尝鲜的人们便迫不及待地将其拔出来，直接咬一口会有甜丝丝的感觉，凉拌、炒鸡蛋都很爽口，等到蒜薹变得老一点儿的时候，配点儿肉丝、青椒炒着吃堪称佳肴。到了蒜苗枯黄的时候，也算熬到了生命的尽头，人们便将埋在土地里的大蒜头挖出来晾晒。原本很水灵的蒜头，经过风吹日晒外衣变得褶皱起来，分量减轻了，更易于保存。大蒜是用途极广的作料，食用和药用价值都很高，《本草纲目》中云："通五脏，达诸窍，去寒湿，避邪恶，消肿痛，化癥积肉食。"

有几种蔬菜叫着瓜的名字，如南瓜、冬瓜、丝瓜、黄瓜、佛手瓜、瓠子瓜、茴瓜等，它们才是夏季餐桌上的主角。

一颗小小的种子，在清明前后种瓜种豆的日子里种下去，或在菜园，或在屋角，总之，随便找一点儿空地，它都会顽强地生根、发芽、开花、结果，且产量很高。

冬瓜浑身扑满白粉的样子，有点儿像戏剧里面的丑角。一个成熟的冬瓜，有时候需要两个人，才能够将它请到家里。它们被东倒西歪地搁置在房屋一隅，等待着主人的发落，或直接炒着吃，或用来腌咸豆。

南瓜是老家再平常不过的一种蔬菜。老家人习惯称之为北瓜。后来才知道它有很多名字，比如番瓜、金瓜、倭瓜等。我至今也没搞清楚为什么它有这么多名字。不过，不管叫它什么，其形状、颜色和质地永远不会改变，或长或短，或青或黄，或扁或圆。每年春天，只要把种子埋在房前屋后的泥土里，哪怕是篱笆边、墙根下，几场春雨过后，就开始茁壮成长起来。对此，南瓜毫无怨气，随遇而安，即使身处恶劣的生长环境，也不自暴自弃，依旧是铆足了劲儿地生长、结瓜，一棵能结好几个。如果地面没有生长的空间，它就会沿着墙或是树枝向上攀爬，努力地向主人贡献着自己的果实。

南瓜虽然没有冬瓜那样粗壮，但个头也不小，而且大多数的南瓜较细的一头弯弯的。还有的长成圆形，形状初始仿佛算盘，待到成熟了如橙黄色的靠背垫；有的像棒槌，个头像小孩子那么高；有的像拉满了的弓，扛在肩上很好玩。同是南瓜长相差异很大，如同胞兄弟、同一血脉，长相截然不同，但品质相仿，本色不变。

谷雨时节，只要松松土，随手埋下丝瓜种子，浇点儿水，嫩黄的小苗便钻出土来，水灵灵的两片叶子，模样很可爱。小苗沐浴着春雨渐渐长高，绿叶生光，蓬蓬勃勃。当长到一尺多高的时候，给它个哪怕简易的架子，不消几日，一根根细嫩的绿藤便扭动着纤细的身躯，顺着架子，毫无章法地悄然爬上去，一步一韵。

经过几场南风，宽阔的叶子密密麻麻地疯长，叶子的背面颜色较浅如桑麻。在丝瓜的绿叶间，开出许多丝瓜花，开始冒出星星点点的小花苞，仿佛一阵风吹过，小花苞就变成了一朵朵金色的小喇叭。初始是三五朵，很快变成十几朵、几十朵，金灿灿的，镶嵌在深绿色的叶片中。那肥硕的花朵格外惹眼，吸引了无数的蝴蝶和蜜蜂。南瓜花有雌雄之分。雌花开得较早，数量也较少，花冠更大些，最明显的是雌花的花托上长着一个绿色的小南瓜，授粉后，花瓣枯萎，小南瓜在半遮半掩间就完成了从开花到结果的风雨历程。

盛夏，棚架上的花儿们俏皮地张着小嘴，在青翠欲滴的藤叶间竞相绽放，点缀在满眼的绿色间，欢快地沐浴着雨露和阳光，格外耀眼，丝瓜花散发出淡淡的清香，朝着阳光的方向生长。蜜蜂、蝴蝶、蜻蜓在其间纷飞起舞，麻雀在上面蹦蹦跳跳，把小院渲染得生机勃勃。

很快，丝瓜花就渐渐地收拢它那散开的"裙摆"，丝瓜藤上开始垂下碧绿、修长的丝瓜。丝瓜就像调皮的孩子，会突然从藤蔓间冒出来。花与果相伴。细细的、长长的嫩丝瓜头顶着小黄帽，茁壮成长。过了仲夏，肥嘟嘟的丝瓜已长长短短、满满当当地悬了一架。轻风一吹，摇得丝瓜的身躯像秋千似的晃荡，给小院平添了几分意趣。

"院内丝瓜垂青藤"是对很多农家小院的形象描述。雨水充沛的夏季，藤藤蔓蔓、枝枝叶叶，缠缠绕绕、层层叠叠、挤挤挨挨，郁郁葱葱一片，编织成一架绿意天成的凉棚，遮挡住烈日的阳光，播撒下一片阴凉。每当有雨袭来，雨点打在棚架的绿叶上，沙沙作响，雨水顺着藤蔓聚拢起来，形成一条条水线，仿佛挂起一道道水帘，正可谓是"豆棚瓜架雨如丝"。

丝瓜非常的勤奋，不辞劳苦，一茬又一茬，不停地开花、不停地结瓜。暑热里，一份清凉解热的丝瓜菜肴总能让人感到格外爽快、惬意。丝瓜性凉，味甘，可凉拌，可烹炒，可做汤，可与多种食材搭配在一起，荤素皆宜，其性温婉。清炒丝瓜、丝瓜毛豆、丝瓜炒蛋等是家常菜。我尤其喜欢纯粹清炒的丝瓜，只需放点儿油盐、一撮蒜末足矣，其色清新，其味清柔，还有股淡淡的甘甜，几乎是夏天餐桌上不可或缺的一道菜。丝瓜蛋花汤，又是另一种口味，做法亦简单，汤中碧嫩嫩的丝瓜，黄灿灿的鸡蛋，浅淡之间，相互偎依，赏心悦目，随之飘溢出的清香更是沁人心脾。

到了金秋，很多植物都已经凋谢，丝瓜秧还在勇往直前、不知疲倦地绽放着生命的异彩。人们也应像丝瓜秧一样，无私奉献着自己的心血与汗水，在有限的生命旅程中绽放出亮丽的色彩。

进入冬季尤其到了腊月，菜园里已是空旷旷的。一些能保存的蔬菜已被储藏，有的被放置在地窖里，有的被埋在坑里，中间还要竖立一个用柴草捆成的秫秸团，有碗口般粗。这样做主要是为了供埋在地下的蔬菜呼吸。

菠菜在众多的蔬菜中，可以说是生命力极其顽强的一种。寒冷的冬季里，它依旧傲然挺立，丝毫不畏严寒，只是叶子变得有些发黄。儿时就听说，菠菜里含铁多，所以家长就让多吃菠菜。尽管吃起来不太可口，还是硬着头皮吃。谁知后来又传说，当初那位研究菠菜铁含量的人员点错了小数点，其实，菠菜里的铁元素含量并不高。

家常菜（四）

除了这些蔬菜，家家户户还要腌咸菜。在咸菜当中最好吃的，当数由冬瓜、辣萝卜和煮黄豆组合腌制的咸菜，放在坛子里捂上一段时间，等变软发酵长出一层毛来才开始吃，有时直接盛在盘子里，有时要放入锅里蒸熟再吃。条件好一些的家庭，还要撒上一些葱末，再滴上少许香油，闻着臭吃着香。这一独特的味道只有吃过的人才会深有体会。

其次好吃的是腌胡萝卜。冬月里将胡萝卜放入腌菜缸里，撒上厚厚的一层盐，上面再压上石头。经过一段时日，胡萝卜开始变软。一个冬天过去，满缸的胡萝卜已所剩无几，只剩下半缸盐水在缸里静静地躺着，上面还漂浮着一层薄薄的白膜。吃到最后要将袖子撸起来，将手伸入冰凉的菜缸中去捞一会儿，即使这样也是情愿的，毕竟不用干吃馍馍了。

雪里蕻腌了也好吃。雪里蕻是雪菜的学名，有的也写成雪里红。这两个名字在我看来都能体现它的特质。一个"蕻"字点出了茂盛的状态，雪地里别的菜都找不到了，就它还泛着大片惹人喜爱的青色，一副貌不惊人却实力卓绝的模样，低调又倔强；而另一个"红"字则完全是因其颜色变化而得名，因为到了冬季，尤其是北方的冬季，其颜色就会变成紫红色。其实，它四季都能长，四季都可种，只是在别的季节里有了比较，显不出它的独特来。唯有到了冬天，其他的"对手"都消沉了，它才显得格外引人注目。它经得起春的绚烂、夏的炎热、秋的萧条、冬的严酷，所以配得上"雪里蕻"的名号。其腌制方法有讲究，先晒半干，再放入缸里，要铺一层雪里蕻、撒一层盐，还要用脚踩或用东西砸。用脚踩最均匀，是首选方法。记忆中，每次都是由奶奶亲自操作，三寸金莲很灵活，像舞蹈演员一样在缸里旋转。

园子里的蔬菜旺盛时，除了自给自足，余下的便挂在屋檐前或铁丝上晒干，如豆角、茄子、萝卜、辣椒等。它们中间只有辣椒穿起来挂到墙上，首尾相连像个红灯笼。其余的看起来都是干瘪瘪的样子，但是吃起来却别有滋味，好像夏天的阳光都被攒在里面，吃到嘴里，渗透全身。

这些基本上是实行土地包产到户以后的事。我觉得最有趣的事还是在生产队的时候。那时集体种菜，集体收获，集体分发。每个生产队都有一大片菜园，由专人管理，具体负责浇水、施肥、打药等日常工作。给蔬菜浇水是用毛驴拉水车，毛驴的脸蒙上一块黑布，围着井口循环往复地转圈儿，水就顺着链条从井下流到地面上，再顺着水沟流向菜畦。具体的水车工具已说不清楚，好像影视剧中的辘轳。

春天和夏天里，人们会到地里采撷野菜。这些野菜生长在田间地头，不用管理，不用播种，完全是自生自灭，依然长得很旺盛，在物质困乏的年月里，滋养了无数的农人，不能不说是上天对农人的恩赐。

马蜂菜是一种见证岁月酸涩的野菜。马蜂菜学名叫马齿苋，其形似马齿，叶绿肥厚多汁，茎赤色彩斑斓，根白似参须。马蜂菜生命力强，蔓延快，无论是荒郊野外还是乡村田园，无论土壤贫瘠还是肥沃，只要是阳光充足的地方就能繁衍生长，而且喜欢扎堆，一个地方一旦找到了一棵，基本上就会有一片。杜甫在《行官送菜》的诗歌中两次提到了生长旺盛的马齿苋。

马蜂菜成长于初夏、小满与芒种之间。三伏天里，太阳把万物都晒蔫甚至晒死，似乎唯有马蜂菜不受影响，在路边和地头连片生长。这种低微而顽强的野生植物，茎分枝，浑圆，紫红色，像婴儿般的小胳膊，肉嘟嘟的惹人喜爱；叶子小小碎碎的，肉质肥厚，外面裹着一层薄薄的绿膜，泛着油亮的光；分枝倾斜向上，挑着五瓣的黄色花。春风一吹，它就鼓着圆叶，胖实地贴着地皮，张牙舞爪地匍匐扩张，四仰八叉，旺盛碧绿地发散生长。

马蜂菜全身是宝，不仅开出的花好看，而且本身具有丰富的营养以及药用价值。中医养生推行药食兼用。《本草纲目》中说："马齿苋元旦食之，解疫气。"李时珍的说法是有来源的，因为从唐代开始，马蜂菜就赢得五行草和长命菜的大名。如不小心被马蜂蜇伤或蚊虫叮咬后，将马蜂菜碾碎后敷在伤处，很快就不再肿痛，真的很神奇。

马蜂菜的吃法较多，如烧汤、烙菜盒子等。用鏊子做菜盒是一绝。鏊子是苏北地区农村的居家必备工具。鏊子是铸铁的，有鼎立的三条腿，将鏊子支起来，下边用火将鏊子烧热便可以做菜盒了。

蒸马蜂菜窝窝更是我的最爱。面粉加少许水和一些切碎的马蜂菜，黏稠适中，捏成窝窝形状，放在锅里笸子上蒸二三十分钟即可。揭开锅，热气腾腾，空气中弥漫着淡淡的杳甜，清香四溢，令人食欲大振，再用大蒜、青椒、姜末、香醋、生抽、香油和盐等做成调味品，配合着吃，味道更佳，食欲大增。最常见的做法还有凉拌。马蜂菜去掉根，放在滚烫的开水里焯一下，再用凉开水冷却，捞出来拌些作料即可，大蒜末似乎不可或缺。吃起来很黏滑、很爽口。马蜂菜作为一种普通的植物，却做到了默默无闻，宠辱不惊，与世无争，花开花落，生生不息，奉献社会。由马蜂菜我想到现实生活中的人，其实更多的人如同马蜂菜一样平淡无奇，但是做一棵普通而有益于他人的马蜂菜又何尝不是一种幸福呢！

荠菜也似乎算不上园中菜，菜园子里却有它的立足之地。荠菜是一种野生越冬植物，几乎伴随着小麦苗生长，生命力也很顽强。荠菜对土壤的适应性强，无论土地是肥还是瘠，只要落地生根，便脚踏实地，默默等待着春风化雨。春寒料峭时，小路边、田埂旁、墙根下，稀疏的三角形叶子已探出了脑袋。荠菜又名护生草、菱角菜、小鸡草、地米菜，十字花科植物，营养丰富，深受人们喜爱。早在《诗经》里就有"谁谓荼苦，其甘如荠"的诗句。"春日平原荠菜花，新耕雨后落群鸦"是词人辛弃疾对春日荠菜随处可见的描绘。

我对荠菜有一种深深的情结。儿时，每到青黄不接的二三月，我经常随祖母满地满堤转，寻找大地上冒出的星星点点的新绿。待挖满一篮子便回到家里，由母亲下厨做成饭菜填饱肚皮。那时农人有句顺口溜："荠菜糊糊荠菜馍馍，离了荠菜没法活。"从惊蛰吃到立夏，从未咂出野菜的鲜味儿，完全是为了充饥。

然而，据营养专家说，荠菜的营养价值很高，含有大量的氨基酸、蛋白质、纤维和维生素等人体所需的营养物质，而且吃法也很多。

难怪荠菜会受到文人骚客的青睐。苏轼曾赞曰："君若知此味，则陆海八珍，皆可鄙厌也！"他还把人们挖荠菜的情景融进诗中"时绕麦田求野荠"；陆游在吃过荠菜后也曾发出"春来荠美忽忘归"的绝唱；郑板桥更是以"三春荠菜饶有味，九熟樱桃最有名"的诗句来赞赏荠菜。

家常菜（五）

　　扫帚菜是一种十分常见的野菜，生命力旺盛，繁衍能力也很强，生长在田间路边，每年春天是生长最快的时候。这种野菜的嫩茎和嫩叶可以当蔬菜食用。扫帚菜长大了像棵小树一样，冠特别大，外形像纺锤。人们在秋天把长成像小树样的扫帚菜砍下来，晒干后，摔掉种子，用绳子把冠束起来，便成了很好的扫帚。这也许就是扫帚菜名字的来历吧。

　　扫帚菜的功效和作用有很多，嫩叶初成时，将叶子洗净蒸着吃味道鲜美且省主粮，还特别益于健康。而当年的人们都没有把它看成珍馐，如今已经很难吃到它了。

　　等到各种野菜争相面世，灰灰菜才从餐桌上下来变成猪饲料。打猪草的孩子最喜欢割灰灰菜，田间、路旁、荒地、老宅……灰灰菜成片地生长，永远欣欣向荣，孩子们很快便会满载而归，将灰灰菜剁成小段，小猪们就会大快朵颐。

　　如今，几乎没有人食用灰灰菜。猪也习惯了带有添加剂的饲料，在精饲料的喂养下不断加快生命轮回的速度。田间路旁的灰灰菜也不再蓬勃地生长，很多被药剂扼杀于萌芽。然而，从古到今，灰灰菜这类简单的植物一直在养育着我们，数万年的生死轮回，谁都无法计算，到底喂饱了多少饥饿的肚肠，曾多少次积聚所有的精华穿透生命的庙堂，用青葱的岁月浸润孱弱干瘪的生命细胞。

苋菜也是一种平民化的野生植物。记忆里似乎没有人专门种植。每到夏季雨水渐多，苋菜由于根系发达也跟着疯长，色泽鲜美，叶子宽宽的，长长的。宋人陆佃《埤雅》称："苋之茎叶，皆高大而易见，故其字从见。"苋菜的生命力和繁衍能力很强，无论土地多么贫瘠，无论是干旱还是洪涝，它都会顽强地生长着，对生长条件没有太多要求。老家的房前屋后、田间地头，甚至是砖头缝儿里，都有它的身影，或单株，或成片，均呈苗壮生长之势。苋菜的摘法比较独特，通常用手掐，这样既不影响苋菜的继续生长，而且越掐长得越快，没几天就会长出新的叶片。

苋菜主要有两种颜色：一种是叶片翠绿的，一种是紫红色的。紫红色的尤其惹人喜欢，因为无论是做菜、做汤，都呈现出一种独特的红色。清人薛宝成在《素食说略》中记载："苋菜有红、绿两种，以香油炒过，加高汤煨之。"红苋菜入味也入诗。宋代陆游有诗句"红苋如丹照眼明，卧开石竹乱纵横"；宋代王安石有诗句"竹窗红苋两三根，山色遥供水际门"。两位大诗人都赞美了红苋菜。在我的心目中，红苋菜仿佛一抹绚丽多姿的彩霞。

苋菜种植、食用的历史悠久。在甲骨文中就有"苋"字。苋菜的吃法很多，如蒸吃、凉拌、炒菜、做汤、做菜盒等。在诗人陆游的心中，用苋菜熬成的粥，则是人间的美味："菹有秋菰白，羹惟野苋红。何人万钱筯，一笑对西风。"周作人则钟爱苋菜梗，他在《苋菜梗》中写道："苋菜梗的制法须俟其'抽茎如人长'，肌肉充实的时候，去叶取梗，切作寸许长短，用盐腌藏瓦坛中；候发酵即成，生熟皆可食。平民几乎家家皆制，每食必备……别有一种山野之趣。"

素炒很简单：洗净沥水，切段，等锅中油热，先将苋菜倒入锅中翻炒几下，再放入大蒜末，等煸炒出蒜香味，放少许盐即可出锅了。正如作家张爱玲所言："炒苋菜没蒜，简直不值一炒。"蒜的辣味与苋菜的清香混在一起，沁人心脾，唇齿生津。据说苋菜的营养价值较高，含氨基酸、脂肪酸等微量元素，蛋白质含量也较高，能促进青少年的生长发育，还可提高免疫力，被誉为"长寿菜"。

在苋菜众多的吃法中，烧面筋汤与做菜盒这两种吃法颇具浓郁的地域特色。

做汤的工序相对复杂，老家人称之为面筋汤。先将面粉加水用筷子快速搅拌成团，搁置半小时后，把面团放入水盆里，用手慢慢反复挤压，淀粉出来了面筋就洗好了。用手将面筋撕开放入锅里烧开，再把洗面筋的水（相当于勾芡）倒入锅里，等煮开了再加入苋菜、鸡蛋花以及调味品后即可出锅了。面筋玉白，苋菜碧绿，加上蛋花金黄，色彩配搭上真的是鲜亮悦目。面筋带着新麦清甜的气息，苋菜散发着植物特有的清香，随着开锅袅袅泛起的白气慢慢弥散。如果条件允许，还可以添加西红柿、木耳、花生米、虾皮、母鸡丝、鳝鱼丝等原料。大火烧开后再文火煮一会儿，一锅鲜艳的面筋汤就烧好了，把热腾腾的面筋汤盛到碗里，放点儿醋、香油，整个厨房都弥漫着令人垂涎的味道，异常鲜美，喝了还想喝，甚至不知不觉会喝上两三碗。老家人烧面筋汤都是烧上一大锅，剩余的下顿饭接着喝。令我不解的是，剩的面筋汤温热后似乎比刚烧好的感觉还要好喝。虽然久居城市，面筋汤的滋味依旧是难忘的味蕾记忆，因为面筋汤是家乡的味道，是童年的味道，更是母亲的味道。

苋菜另一种堪称经典的家常吃法，就是和鸡蛋组合起来做菜盒子。菜盒是面与菜的组合，既可以作为主食，也可以作为副食。把焯过的苋菜打上鸡蛋细细拌匀，摊在铁鏊子烙出的烙馍上。这种铁鏊子烙馍，薄而透，筋道耐嚼。把两张包含苋菜和鸡蛋馅儿的烙馍摊平，用手将烙馍的周围压实，两张烙馍的外沿就黏合在一起了，再次放到文火慢烧的鏊子上，一会儿工夫，烙馍和里面的菜就焖熟了，而后放到馍筐里，用大毛巾盖上。等开饭时，把菜盒一切四块，热气中透着诱人的菜香，烙馍的柔韧和苋菜的柔嫩合而为一，形成奇妙无比的口感，吃上几块一顿饭基本解决了。

苋菜不仅能够满足果腹之欲，还是不可多得的保健食品，不仅含有非常高的碳水化合物，而且还有其他植物所缺乏的赖氨酸，有利于人体的成长发育，其含铁及钙质较多，是贫血患者食用的佳蔬，被誉为"补血菜""长寿菜"。

穷困的日子，野菜从大地深处汲取营养，栉风沐雨，与大地相亲相连，出现在农人觅食的视野里，填补着农人干瘪的肚子，这也许是最朴素的生活吧。这样的生活对今天的很多人来说也许是陌生的，对很多过来人来说又是熟悉的、亲切的。每种野菜都或多或少给我留下味蕾的记忆，留下一种对家乡的思念，如今只能在回忆中找到一点儿安慰，让心跨越时空回归一次自然而已。

两棵树

　　在老家诸多的树木中，我似乎对槐树和榆树情有独钟。因为它们结出的花和果实可以食用，曾经填饱了我幼年干瘪的肚皮。

　　在众多的树木中，槐树属于发育较晚的一种，似乎有些营养不良，又显得很沉着，不紧不慢的样子。槐树的枝条黝黑嶙峋，等到其他树的枝条都已是浓绿时，槐树的叶子才慢慢地厚起来。刚钻出头的槐花向内合拢，含着苞，紧紧地收着，显得羞涩而矜持。淡绿、嫩白、青白、鹅黄、雪白，几天工夫就变得铺天盖地的洁白，小精灵般笑靥灿烂，一串串，一簇簇，密密实实地挤着挨着。白色的花朵像小灯笼一般，惹人怜爱。花瓣细小琐碎，没有牡丹的雍容华贵，没有玫瑰的浪漫多情，没有茉莉的清新妩媚，也没有蔷薇的清新优雅。它的香味跟别的花也不相同，因为香味里还夹着甜味，非常浓郁、芬芳，闻之使人醺醺欲醉。

　　我家门前的那棵老槐树也是我儿时的乐园。那棵树根不知何时已拱出地面，树皮好像龟裂的黑土地，枝头遒劲苗壮，树杈如一只巨大的手，似要拥抱苍穹、揽月九天。白天在树下看鸡妈妈领着自己的儿女们觅食。

那些可爱的小生灵就像毛茸茸的粉团，有的张着黄黄的小嘴儿"争吵"，有的追逐嬉戏，有的撒着小脚丫奔跑，有的躺在阳光下"闭目养神"，偶尔有个别掉队的小家伙焦急地寻找队伍，那叫声听起来有些凄凉。每每此时，祖母便停止劳作，帮着小鸡找妈妈，当看到母子团聚的时刻，祖母的脸上也会露出莫名的微笑……傍晚，我常常偎依在奶奶的身旁，听她讲嫦娥奔月、牛郎织女、孟姜女哭长城、梁山伯与祝英台等故事，困了便带着槐香入梦。

我过了几年无忧无虑的生活后，便不能白天再到槐树下嬉戏久留，因为要上学了。只有到了晚上，槐枝挑起晚月，槐花点亮繁星，才能和家人一起到槐树下聊天。邻居们也纷纷赶来纳凉凑热闹。人们取凳而坐，借席而卧，东拉西扯，海阔天空，插科打诨，令人捧腹。他们说《三国演义》，道《水浒传》，唱小曲，讲笑话，颂忠骂奸，扬善贬恶。有一次，我的同龄伙伴铁蛋听得最入迷，竟然模仿起《水浒传》里的人物动作耍了起来，结果一不小心摔了个"狗吃屎"，令大家忍俊不禁。总之，男人们说的是荦荦素素、古古今今；女人们讲的是家长里短、儿女情长。虚事实事并举，好话歹话并存。扯过了头，众人奚落；说漏了嘴，闭口即是。反正，是非曲直，各人心中自有定论。

我对老槐树的好感，不光是那一树迷人的槐花，还因为年年都能尝到奶奶用槐花做的美食。

奶奶每天都是乐呵呵的，腰里总是围着一条大围裙，好像从不知疲倦，那时日子虽然清贫，可奶奶的脸上总是漾着暖人的微笑，很古典的发髻别在脑后，走起路来有些颤动。奶奶本来就以善烹调而闻名乡里，在那段槐花盛开的日子里，奶奶的笑声比以前更爽朗、更清脆。她使尽浑身解数，变着法子把每顿饭都做得有滋有味，优待我们兄弟几个，设法让我们在物质比较贫乏的年代，享受着生活的富足。我的小肚皮吃得跟青蛙似的，总是鼓鼓的。每当奶奶看到我们吃得津津有味时，总是不忘提醒别噎着，一口一口来，脸上更是乐开了花，仿佛看到了未来，看到了希冀，那眼神里饱含着深深的爱……

也是在槐花飘香的季节，我离开家乡到了军营。虽远离故乡，但心里依然装着槐花。槐花在我的心目中，始终有着乡土一般的亲切感。也许因为朴实，它只选择了自然的白色；也许因为护群，要开就是一片一片的；也许因为素雅，它洁净得不染俗尘。槐花似雪，它是高洁品质的象征；槐花味美，在困难岁月滋养了无数生命。

光阴荏苒，转眼间奶奶离开已经20多年了，我也离开家乡30年了。如今身居都市的我在吃山珍海味的时候，脑海里总会浮现奶奶的身影和槐花的味道。我感恩奶奶，感恩槐树，感恩槐花，他们滋养了我年幼的生命，赋予了我前行的力量。我多么期望还能够回到老槐树的身旁，回到奶奶身旁，面对面与之促膝长谈……

我家院子里的那棵榆树，距离房屋很近，由于它身材高大，树冠如云，遮住了大半个屋顶。时间一长，树冠难免与屋顶接触。一天，母亲怕树冠压坏屋顶，就让父亲砍掉那棵榆树，奶奶不同意，理由是如果遇上年景不好，还要靠它结出的榆钱喂养生命呢！

榆钱，又名榆荚，因扁圆的外形酷似古时穿起来的麻钱而得名，又因与"余钱"谐音，颇讨口彩。

每年的暮春三月，万物复苏，绿上枝头，家里的榆树就会结出一树喜人的榆钱，密密匝匝的，一阵春风袭来，远远地就能闻见榆钱散发出的清香。一小串一小串的，在风中轻轻摇曳，这小小的精灵闪亮了女人的眼神，召唤着女人的身影，忙坏了女人的双手，撑起了孩子的肚皮。

小树上的榆钱用手就可以够着，扯过枝条，从贴近树干的地方往枝头一捋，一把榆钱就到手了，取一撮放进嘴里，微微的黏又透着微微的甜。到大树上采榆钱要费一番周折，大多是由成年男人完成。在腰里拴一根大绳，吃力地爬上树，小心地在枝杈间站稳，用腰间绳索把篮子拉上去，开始采摘榆钱，篮子满了再慢慢地放下来，下面有妇女或者孩子接下来。新生的榆钱，黄绿光鲜，青翠欲滴，吃起来，柔软中带着丝丝的甘甜，缠绵在舌尖上，沁人心脾。

对于榆钱的吃法古已有之。

榆钱对于穷人家来说是救命粮，对于富裕人家来说是新鲜野味，当然，其做法也精致了许多。如《帝京景物略》所载的榆钱糕："四月，榆初钱，面和糖蒸食之。"宋代大文学家欧阳修吃过榆钱粥后，就留下了"杯盘粉粥春光冷，池馆榆钱夜雨新"的诗句。清代张潮在其编纂的《昭代丛书》中写道："三月初旬，榆荚方生，时官厨采供御膳。"我最欣赏金代著名诗人元好问的《食榆荚》："露葵滑寒羊蕨膻，春榆作荚绝可怜。榆令人瞑何暇计，田舍年例须浓煎。箫声吹暖卖饧天，家人钻火分青烟。长钩矮篮走童稚，顷刻绿萍堆满前。炊饭云子白，剪韭青玉圆。一杯香美荐新味，何必烹龙炮凤夸肥鲜……"诗中把孩童采榆，制作、享受榆钱饭的过程，以诙谐的笔调，描绘得淋漓尽致。

对于普通的农家来说，吃法和营养似乎都不重要，最关键的是解决温饱问题，所以榆钱的吃法并不多。最常见的做法就是蒸榆钱窝窝。将采下来的榆钱，放在清水里洗干净后，与面粉和在一起，再加入适当的水和盐，搅拌均匀后做成窝窝的形状放到大锅里蒸，热气腾腾的榆钱窝窝蒸出了一家人对生命的感叹和赞美，还蒸出了一家人的欢声笑语。榆钱窝窝很柔软，看上去亮晶晶的，很有食欲，即使没有下饭菜照样可以吃下去。其实，在那个物资匮乏的年代，也不可能有很丰盛的下饭菜，只要有蒜泥、辣椒泥或咸菜之类的小菜伴着，也就心满意足了。

榆钱的另一种食用方法便是：洗净的榆钱沥水后加入一些面粉，搅拌均匀后摊在笼布上，大火蒸，小火焖，六七分钟便可出锅，倒入大砂盆里冷却后，再与盐、蒜泥、辣椒泥或者香油、醋调好的拌料搅拌均匀，每人一碗，主食就算解决了。

实行家庭联产承包责任制后，家里分到田地。母亲遵照奶奶的嘱咐，在田头地畔，种下了一棵棵榆树。谁知粮食一年年地丰收，生活一天天好起来了，再也不用榆钱救命了，榆钱仿佛成了多余的。可每到这个季节，榆钱就摇动了奶奶的心，她便唠叨着让已经能够爬树的我去摘榆钱。看着一树榆钱，我按捺不住喜悦的心情，"噌噌噌"爬上榆树，先摘几颗榆钱放进自己嘴里咀嚼，感觉嫩嫩的、黏黏的、甜甜的。顽皮的我在树上一捋一撒，尖叫声和欢笑声伴随着榆钱纷纷飘落，把春天的气息撒满了大地，绿油油的榆钱跳荡着一片片暖融融的阳光。奶奶只是笑着嗔怪我，再也不把一小片一小片嫩生生的榆钱看得金贵了，金贵的是小孙子的欢笑声。

后来，家里的日子如芝麻开花——节节高。榆钱的岁月悠悠地越来越远，只是在春意盎然的时节，偶尔还会怀念榆钱那温润黏滑、清香绵长的滋味。

枣树

我家院子是由门房、厢房、上房和围墙组合而成的。在上房的大门旁长着一棵碗口粗的大枣树，枣树又高又粗，枝叶茂盛，顶部分出三个虬曲枝干，伸向不同的方向，在空中伸展出很大的树冠。从大门往院子里看，首先映入眼帘的就是那棵大枣树，从我有记忆起就是这样的格局。

我想，这棵枣树当年能存活下来，一定得到了父母的呵护，如同我们兄弟六人受到父母的关爱一样，父母对它是用心的，也可能是期待它给我们结出甜蜜的果实。枣树确实做到了，它结出的枣脆甜可口，是我们兄弟小时候从冬天到夏天的期盼。

每年四月初，枣树嫩芽娇黄羞赧，到了五月，树上就开满了米粒大的淡黄的小花，仿佛黄色的小星星，躲在绿叶中一闪一闪的，不张扬，平平淡淡，始终如一，它的存在映衬得整个院子夺目了很多。枣花色淡花小，香味更是清淡，灿烂之后就结了小小的绿色果，只有到了七八月份，果子可食用时，它的美味才吸引住我们喜爱的目光。这个季节，院子成了我和哥哥们的乐园。

满树的枣子密密麻麻地垂向地面，绿得像玛瑙，光溜溜的，晶莹剔透，阳光下闪着光，甜甜脆脆的，可随时填塞我们饥饿的肚子。母亲看到我们吃枣的贪相，瘦削的脸上露出淡淡的微笑。

一阵秋风吹过，一颗颗枣子穿上红点花衣，渐渐变成红衣美少女，美目流盼，引得我们整日围着它、恋着它，就连忙碌的母亲从树下匆匆走过时也会情不自禁地仰望。

儿时的我像馋猫一样目光时常打量着枣树。一阵风从空中吹过，我赶忙跑到院子里，看有没有枣子掉下来，偶尔侥幸，地上会躺着一两个大红枣，忙奔过去捡起，在衣服上擦擦塞进嘴里，用牙一咬，松脆中带着青涩的味道，因为这样的枣子还没有真正成熟，饥饿的肚子哪管这些，照样吃得津津有味。我站在树下，仰望着可爱的"红玛瑙"，希望风儿再猛些，果然又一阵风吹过，又掉下几个，我大喜，赶紧拾起来小心翼翼地放进口袋里，跑到小朋友面前拿出炫耀一番，再仔细地放回口袋里。

夏天，枝繁叶茂的枣树下成了我们一家人的好去处。母亲整晌在生产队劳动，父亲常年在外地教书，根本帮不上母亲。母亲散工后，回家做饭也是脚底生风。做好饭后，母亲便端着饭碗坐到枣树下边休息边吃饭，吃完饭就靠着枣树打起了盹儿，因为母亲太劳累了。夜晚，大家在树下吃饭，收拾完碗筷又在树下乘凉。唯有母亲不闲着，为了省油，借着月光在枣树下纺线，有时把织布机也抬到枣树下。夜深了，树上落下了露水，我浑身凉透了，才迷迷糊糊地进入房间睡觉，此时看到母亲还在忙活。母亲就是这样起早贪黑劳作着。

那时小孩子根本没有水果吃，能吃上苹果、梨子、西瓜就算很好的生活了，因此，枣子也就成了很不错的水果。一到秋天，看见它们青中泛白，就在树下张望、垂涎，可枣树太高了，年幼的我使足浑身力气也摇不动它，枣子依然挂在绿叶间。我有时会拿起小砖块扔上去，只会落下零星的几片枣树叶。我无奈地盯着它们，看了又看，一副垂头丧气的样子。

只有等哥哥们放学了，大家才来到枣树下一起用力晃动，即使这样的力量也很难撼动大枣树，枣子也只是零星地掉下几个，大家争着抢着捡拾，看到哥哥们捡得多，我哭着闹着从他们手中要来。奶奶见此情景，会大声喊："还没长熟呢，别糟蹋了枣子！"不谙世事的我还认为奶奶小气。现在看来，奶奶那是为了将来可以让我们吃更多成熟的枣子。

一场大风大雨过后，院子里的地面铺满了枣叶，到处躺着大红枣。奶奶端着盆子，大声喊着我们拾枣子。风雨后的厨房很快放了半小盆红枣，奶奶洗干净后蒸熟了让我们吃，刚揭锅的红枣挂着小水珠，鲜红鲜红的，非常好看，我们的小手从蒸汽中伸过去想拿一个，奶奶笑着轻轻拍一下小手，嗔怪道："小馋猫！别烫着！"

枣放到碗里端上桌子，我们火急火燎地取一个，可是太烫了，小红枣在两手间跳来跳去，没等凉下就送到嘴里，试探着咬下去，软软绵绵中带着一丝甜味，争着抢着吃了一个又一个，奶奶站在旁边看着我们津津有味的吃相眼睛眯成了一条缝。

等到枣子熟透了，到了该收获的日子，奶奶吩咐哥哥爬到枣树上去晃荡树枝，只见哥哥站在分杈处，两手抓住树枝，使劲摇了又摇，枣子连同叶子纷纷落下，在地上蹦跳一两下，翻几个筋斗，便静止下来。奶奶、母亲和我站在一旁生怕被砸中头，仰望着枣树认真指挥着，口中不住地叫喊着"再晃、再晃"，又是一阵"红雨"落地，"这边、这边再摇几下"，等地上铺满了枣子才叫停，哥哥听到指令便不再晃动。我们走到树下，边捡边吃，哥哥在树上也没有闲着，顺手摘了就放到自己嘴里，吃完后还故意将枣核吐向我。我赶紧捡起枣子砸向树上的哥哥……树下一家人说着笑着捡拾着。捡完了，哥哥又开始晃树，我们再次捡拾，如此循环往复，直至基本看不到树上的枣子了，再将一根细长杆递给哥哥，让他继续寻觅那些不愿离开的枣子，发现后即被强制敲打下来。

阳光下，大大的箩子里装满了红枣，奶奶和母亲的脸笑得跟枣子一样灿烂。邻居的孩子们隔着土墙看到摇动的枣树，听到热闹的笑声，也会赶过来，就地捡拾几个枣子吃，院子里溢满笑声。

一连好几天，红枣成了我家餐桌上的美味佳肴，也成了我们口中的零食。

母亲为了把日子过好，精打细算，不辞劳苦，家里喂养了几头猪、几只羊，还有鸡鸭鹅、兔猫狗，院子里每天早晨的热闹情景可想而知。我依稀记得，无论春夏秋冬，母亲都是第一个起床，我还在梦中时，便能听到母亲起来打扫院子、放出鸡鸭鹅、挑水、拉风箱做饭的声音。我们相继起床，在枣树下洗脸刷牙，之后把大案板放好，大家或坐或站，吃着粗茶淡饭，津津有味，枣树下似乎成了天然的餐厅。在贫穷的年代让那么多人吃上饭，且每天都是三餐，父母的辛劳可想而知，尤其我的母亲，有时做好饭，会说你们先吃我去睡一会儿。饭后我们要去上学了，母亲草草吃点儿剩饭剩菜便开始刷锅洗碗，还要喂养家禽家畜……这些，等到我成家立业以后，才真正体会到母亲常说的一句话"当家方知粮米贵，养儿才知报娘恩"的深刻内涵。

枣树见证了村庄天翻地覆的变化，目睹了发生在我家的喜怒哀乐。如果枣树有记忆，一定会知道我家的多年变迁；如果枣树会说话，一定会告诉后人们这儿曾经的满院春光、曾经的鸡鸣犬吠、曾经的温暖和感动；如果枣树会书写，一定会记录发生在这个院子里的娶亲盛况。我的四个哥哥的婚礼，都是在枣树旁边举行的。摆大席时，枣树下则是厨师们支起大锅做菜的地方，香气扑鼻，炊烟袅袅，人来人往，欢歌笑语，亲朋好友相聚时的觥筹交错、喧嚣与热闹……枣树一定会讲出很多或伤感或喜悦的往事。枣树默默地把当年的光景都写在了年轮里。

后来，奶奶去世了，父母亲跟随我们来到城市里居住，老院子便废弃了。在老家生活的大哥要把这棵枣树刨掉，我听说后打电话告诉他，枣树是我们整个大家庭重要的见证和记忆，他这才打消了刨掉的念头。再后来，枣树还是被砍伐掉了。如今，每每看到上市的鲜枣，我就会想到我家院子里的枣树，想到那段艰难的岁月，想到奶奶与母亲甜甜的爱……

与树为邻（一）

在人落地生根之前，树的根就已植入大地了。因为有树，人才得以生存，得以诗意地栖居。有多少时光因树而温馨，有多少美景因树而生动。树给予人的恩惠难以历数。因而，人们爱树、植树、护树，喜欢与树为邻，与树为伴，与树为友。

村庄的周围全是树林，每一家的房前屋后都有树，其实就是在林间生活。行走在乡村里，各种品种、各种姿态的树木高低不同，粗细不一，装点着乡村风景。树是乡村的名片，是乡村的表情，是乡村一年四季随季节不断变化的妖娆身影。树像不语的朋友，给人以亲近感；像撑开的巨伞，给人以安全感；更像慈祥的母亲，给人以温存感。

乡村比较常见的有柳树、楝树、杨树、榆树、槐树、椿树、梧桐树、枣树等，不常见的还有杏树、梨树、苹果树、松树、核桃树、石榴树等。

树是一年四季轮回的见证者。春天，它使劲地绿，叶子舒展开来且变得日益肥厚宽大，使沉重的黄土有了生动的气息。夏天，它让自己变得枝繁叶茂起来，将毒辣辣的阳光挡在外面，树荫是人们最好的休憩场地。秋天，树抵不过季节的变换，变得枯黄干瘦，尽管如此，依然去装点萧条的冬天。冬天的时候，树仿佛被风脱光了衣服，树叶散落一地，它不顾自己的寒冷，大方地将自己身上的衣物奉献给人们去发挥余热。

村子南边有一个池塘，其南面就是连成一片的林子。林中鸟雀成群，歌咏不绝，像迷宫一样。童年的伙伴在一起嬉戏打闹，不知多少光阴是在那里迷失的。

在我的老家楝树随处可见。它们并不是村民种植的，很有可能是鸟儿衔来或风儿刮来的种子，谁也没有注意到，突然有一天，路边就冒出了一株楝树苗，小楝树直直地站着，一副弱不禁风的样子。虽然没人给施肥浇水，但是它不仅活了下来，而且枝繁叶茂，长势良好。

四月里，楝树的枝杈上开出细细的紫花，全村都弥漫着带有苦涩的香气。花朵虽然很小，但开得满树都是，花瓣白中透紫，花蕊宛如小喇叭，蓬蓬勃勃，仿佛一簇簇淡紫色的火焰，散发出淡淡的芳香，绿叶似乎成了衬托。

秋天，楝树结出指头大小的果实，名曰楝树果。一簇簇地聚在一起，先青后黄，外面是层薄皮，里面有果核，据说也是药材。一串串绿莹莹的小果子，正好充当小孩子们玩弹弓的"子弹"。我儿时贪嘴常常情不自禁地尝一口，可惜非常苦涩，那时想，要是楝树果能吃该有多好呀！

入冬以后，叶子落了，就剩下一簇簇楝树果顶在树枝上。有时小麻雀飞过来啄几下，磨一下它们的喙就飞走了。贪嘴的它们知道楝树果又苦又涩不能吃。等到北风来了，楝树果全部被刮落到地面，被勤劳的农人捡了起来，作为过冬的烧柴，这也许是它们唯一的用处吧。

楝树因为材质轻软，不能做大梁或立柱，派不上大用场，但它耐腐蚀，易加工，取材方便，所以大多用来制作桌椅板凳、工具手柄等。尽管如此，楝树作为树木家族中的成员，依然不可或缺，正像在一部影视剧中，既需要主角也需要配角，楝树就是配角，故理应有它的一席之地。

香椿树虽很难成材，但农人们依然喜欢栽种，因为其寓意较好。人们常用"椿萱并茂"这个成语来比喻父母都健在，表达了对双亲健康长寿的美好祝愿，原意是说椿树和萱草都茂盛。因古时称父为"椿庭"，称母为"萱堂"。

香椿树也是一种有食用价值的树，故有"树上蔬菜"的美誉。香椿树从小到大一直默默为农人奉献着美味佳肴。春分时节，香椿树枝丫顶端会冒出一个个泛着光泽的嫩芽，积攒一冬能量的香椿抢先燃起火苗，羽状的红色叶片在风中飒飒摇曳，一般以三五枝嫩芽为一株。香椿的亮相有些独特，仿佛出嫁的农家姑娘——先是把暗褐色的芽头包起来，微紫中透着绿，浅绿里泛着红，盈盈娇媚，含情窥望；而后便抑制不住激动的情绪，一把扯下矫情的盖头，再也没有了遮掩的忸怩和矜持，索性在枝头上与同伴竞相绽放。

香椿芽长到半拃许，就可以作为时令生鲜采摘了。低矮的小树抬手便得，但椿芽少；高大的椿树，芽儿竞相绽放，满头浅碧轻红，采摘它们就需要费些工夫了。此时，往往在竹竿较细的一端用绳子捆绑上一个铁钩，轻轻一钩，只听"咔嚓"一声，椿芽便应声掉落。头茬香椿最为珍贵，毕竟积蓄了一个冬天的阳光和雨露萌发而出，怎么吃都香嫩可口、回味无穷。香椿头茬和二茬是美食，但过了谷雨，即使再嫩也很少有人吃了，因为已经失去了香椿的味道。

香椿的嫩芽可做成各种菜肴。它不仅营养丰富，且药用价值较高，具有补虚壮阳固精、补肾养发生发、消炎止血止痛、行气理血健胃等作用。在我看来，香椿最适合跟鸡蛋搭配着吃，故有"香椿炒鸡蛋，肉鱼都不换"之说。切记，吃香椿的时候一定要焯水，否则很容易引起亚硝酸盐中毒。新鲜的香椿芽放入沸水后，紫红色瞬间变成嫩绿色，旋即捞出，沥水后切碎，放入适量食盐，磕入几个鸡蛋一起搅拌，而后倒入微热的油锅中。只听得"呲啦"一声，蛋液在锅中迅速摊开、凝固，待两面煎至金黄成形即可出锅装盘，有青有黄，有滋有味，看上去令人垂涎。一家人享用这绝佳的时令美味，满口飘香，食欲大增。香椿拌豆腐也是颇受欢迎的一道菜，吃起来也是唇齿生津。难怪清代李渔在《闲情偶寄》中写道："能芬人齿颊者，香椿头是也。"

香椿芽之于我来说承载的不仅是味蕾的回忆，而且是灵魂深处的涤荡和牵引，更是青丝变成华发都无法忘却的记忆。

桑树枝繁叶茂，叶小果多，秉性柔软、温婉。桑叶长得很茂盛，绿油油、水灵灵，挨挨挤挤。印象中桑树不像其他树木一样先开花后结果，那么张扬，那么轰轰烈烈，或许它只记得长叶忘了开花，或者它的花儿就是它的果。所以在我看来，桑树跟某些人一样总是喜欢低调，默默无闻地付出着，压根儿不想引起别人注意。

桑葚，又名桑果，刚长出来的小小的绿果羞涩地躲在密叶间，像藏在闺中的少女。很快，小桑葚由浅绿变白变大，再成紫红色。初熟的桑葚微酸中透着甜。待麦子快熟时，桑葚也就熟透了，熟透的桑葚甜甜软软，轻轻一抿，汁水就会流满口腔，那种香甜的感觉霎时间浸满全身，惬意极了。

桑葚从青到紫只有十几天时间，尤其在后期成熟更快，仿佛经过一夜月光的浸染，原本前一天还带着青色，就会变得紫红。经风吹拂后，熟透的桑葚便纷纷坠落，因此采摘桑葚要当时。桑树不高，节多、枝杈多，手攀脚踩很容易就上去了，这样的活大多是孩子们来完成。他们自告奋勇地爬到树上，先顺手摘几粒放进嘴里，那个甜呀，从舌尖上甜到心坎里。

白桑葚树很罕见，村子里似乎只有一两棵。它的果实甜得像槐花蜜一样，其主人自然也把它看得很金贵，但也无法阻挡顽皮好奇的孩子们偷偷采摘。每次采摘回来，我都用小手托着几粒送给奶奶，请她尝尝白桑葚的味道。她在嗔怪我的同时，脸上还是乐开了花，看着奶奶没牙齿的瘪嘴咀嚼着，我也乐不可支。

桑树可谓是浑身是宝，除了果实，桑叶也有用处，是蚕宝宝的美食。提到蚕宝宝我不免啰唆几句：想想看，古人造字真的很神奇，将"蚕"字分开就成了"天""虫"两个字。所谓天虫就是上天恩赐给人类的精灵。古人把桑蚕看得神奇而又伟大，因为小小的蚕吐出的不仅是丝，更是一条辉煌的丝绸之路。那句"春蚕到死丝方尽"把蚕的精髓要义和本质真的说绝了。桑蚕的生命极其短暂，它用短短的一生，把丝吐尽留给人间，堪称完美。

与树为邻（二）

家乡是柳的国。院落是柳，路边是柳，河沟旁是柳，荒郊野外是柳，可谓到处都有柳的身影，或三五成行，或成块成片，和村庄、壕沟、池塘、庄稼、阡陌……以及其他众多树木，构成了一幅幅浓妆淡抹、秀丽醉人的乡村风景画。

我在柳树下长大，记事时知道的树就是柳树；至今迷恋的树还是柳树。柳虽普通，却大有"木秀于林"的独特风格。柳的妩媚与柔情，恰是母亲那淳朴与慈祥的神情。

柳树也称杨柳，是我国的原生树种，至今已有 2000 多年的栽培历史。据宋代传奇小说《开河记》记载，隋炀帝在登基后下令开凿通济渠，翰林学士虞世基建议在渠堤上栽种垂柳。隋炀帝认为这个建议很好，就下诏在通济渠两岸栽种垂柳，并亲自种植，御书垂柳姓杨，享受与自己同姓殊荣，从此柳树尊称为杨柳。

柳树分为垂柳和旱柳。故乡种植的柳树多为旱柳。我从小就喜欢柳树，它是名副其实的报春使者。虽有"春江水暖鸭先知"的诗句，但是最先报春的还是柳树，故有"五九六九沿河看柳"之说。当寒冷还在懒洋洋蹒跚的时候，它已露出了倔强的性格。柔美的枝条呈现出如梦般的鹅黄，在反复变化的天气里发育成一团团碧绿，如同告别青涩含羞、出落得风情万种的美丽少女，让人心荡漾。此时，草儿还未破土，花儿还未开放，柳树青绿得扎眼，令人心跳。每棵柳树都是那么优美，亭亭玉立。每根柳枝仿佛都被梳理过，在微微春风里飘逸地舞动，宛如情窦初开的少女，楚楚动人，故有"杨柳依依"之说。这四个字是《诗经》里的佳句。"依依"二字，恰巧是16画，袅袅兮青青，仿佛妙龄少女的情深意切。尤其是在春雨缠绵、微风轻拂的日子，它如烟似雾、若隐若现，显得更加婀娜多姿、妩媚迷人。尽管如此，柳树又不失质朴无华，有着极强的生命力，不需肥田沃土。树根深深地扎在泥土里，伸向四面八方，紧紧拥抱大地，为主干提供丰富的营养。柳树甘愿以鼓舞人类、造福大地为己任，这或许正是杨柳的生命真谛。

盛夏，柳树碧绿的叶子和新抽出的枝条已经布满树冠，给人一种深沉稳重的感觉。人们除了在树下乘凉，有时候还可以坐在树下看着蚂蚁忙忙碌碌的样子，打发百无聊赖的时光。

秋天，柳树在金灿灿的阳光里满树披金，美丽的身姿在秋阳里斑斓夺目，黄绿相间的叶片为村子增添了丰富的色彩，故有"岸柳垂金线"的诗句。深秋，很多树的叶子都落光了，柳树才刚刚换上金装，婆娑翩翩，柳梢儿垂金，为秋天演奏出金色的丰收交响曲。

冬季的柳树即使叶子被寒流捋光了，也不惧寒风，枝条仍保持着棕黄色，衣服用没有叶片的柳条织成，那可是另一种风度美。在寒冬腊月里，柳树婀娜中透着刚毅，守住本色，使严寒的冬季充盈生机。棕黄的悠长枝条在寒风中摇曳生姿，和阳光一起温暖着冬季。

柳树的枝干有韧性，易弯折而不断，小孩子们将柳枝折下来，用手捏着淡绿色的嫩皮，抽出洁白而光滑的枝干，捏扁一头就可以当口哨吹。

没有玩具的日子，还可以摘一片树叶，对折，放进嘴里，吸一吸，也能发出一些声音来。柳叶是单叶互生，叶片狭长宽窄相宜，形如少女细长的眉毛，正如"芙蓉如面柳如眉"。我认为，在众多的树叶中，柳叶吸出的声音似乎最婉转、最清亮、最柔媚。

柳枝还能扎成一个小圈儿，放在头上当帽子戴。枝条戴在额头上会觉得特别清凉，还可以作为掩护的道具，在影视剧中经常看到这样的场面。

茸毛状的柳籽又称柳棉，柳棉乘着淡淡的清风到处飘荡，酷似雪花漫天飞舞。柳棉是淡雅的，乳白中含有翠青，像清醇的玉液中闪烁的幽光。柳棉要在春季里释放一年的豪情，随性而为，没有顾忌。风起的时候，柳棉先是绕着母树旋转，像是依依不舍地惜别；然后如鸿雁羽毛凌起，蓄足了气力飘向高空；偶遇劲风，还会御风远行，尽显桀骜本色。柳棉四海为家、随遇而安的秉性，才是其最主要的精神特质。

高飞的柳棉，欲与飞鸟竞风流；低游的柳棉，想和游鱼逐春波。柳棉的志向在蓝天，归宿却在春泥。

天有天道，地有地规，自然界自有其传承续存的法则。柳棉的寿命不长。曾经轰轰烈烈、肆无忌惮的柳棉，等到风息气静的时候，等到生命终了的时候，会停下疲惫的脚步，或流落一湾水面，或傍依河堤苇丛，或散布野外沟渠……静谧的水面浮起的层层柳棉宛若水上云朵，自在地漂来荡去。河堤上的斑斑白棉犹如初春残雪，别有一番景致和情趣……

柳树具有很强的生命力，适应于各种土壤和艰苦环境，遇到泥土就扎根，有水就生长，干旱时就苦熬着等待降雨，绝不会轻生。它的根系特别发达，能在地下给自己造一个庞大的供水系统，远远地延伸开去，捕捉哪怕一丝丝的水汽。

柳树论性格，是偏于柔弱一面的，枝条柔韧，婀娜多姿，多生水边，所以柳树常被人视为多情的象征。唐人有折柳相送的习俗，取其情如柳丝，依依不舍之意。贺知章把柳比作窈窕的美人："碧玉妆成一树高，万条垂下绿丝绦。不知细叶谁裁出，二月春风似剪刀。"柳树木质软，常用来做案板，刀剁而不裂；树枝柔软，立于行道旁，风吹而不折。

历代文人骚客，咏柳之作，不绝于史。诸如，李白的"风吹柳花满店香"；张九龄的"一枝何足贵"；韦应物的"杨柳散和风"；韩翃的"寒食东风御柳斜"等，或言志，或抒情，无不给人以美的享受。至于王之涣的"羌笛何须怨杨柳，春风不度玉门关"，更把远戍边关将士闻笛思乡之情，表现得淋漓尽致，成为千古绝唱。"山重水复疑无路，柳暗花明又一村"的大转折，也是以柳寄情，从而烘托出一幅意境无限的风景画。

还有"侵陵雪色还萱草，漏泄春光有柳条""一树春风千万枝，嫩于金色软于丝""草长莺飞二月天，拂堤杨柳醉春烟"……杜甫、白居易、高鼎，这些大文豪，都留下了描写柳树的千古绝唱。毛泽东同志也曾以"杨柳轻飏直上重霄九"的诗句，寄托对革命情侣和先烈杨开慧的无尽哀思。

在我的老家，柳和人还有一种特别的情结。人把柳视为家庭成员，和故去的人骨肉相连，柳的根、柳的干、柳的枝叶里似乎流淌着亲人的血脉。老人一旦过世，儿孙们第一件事就是在族人的带领下直奔大柳树，儿孙们跪在柳树下报告老人去世的消息，并请柳回家给老人尽孝。除了用大树身为老人做棺材，还要选取手腕般粗细的枝条，然后截成若干四五十厘米长的柳棍儿，再把白纸裁成二指宽的条，螺旋式粘贴在柳棍儿上，老家人称之为"哀棍儿"，儿子儿媳人手一把。在举行葬礼期间，儿子儿媳披麻戴孝双手捧着哀棍儿，迎宾送客，祭奠亲人。棺木入土后，哀棍儿就插在坟前，永远地留在那里陪伴着入土为安的老人。清明时节，子孙们都要为故人的坟添上新土并祭祀。此时的柳开始吐出无限白絮，随着春风像雪花一样漫天飞舞，仿佛寄托着对故人的哀思。

人们之所以热爱柳树、栽种柳树、使用柳树、讴歌柳树，最主要的是从中感悟出了生活的真谛。一是柳树柔弱的外表下蕴含着的是坚强。它不仅奉献绿，更展示出不屈的品格。柳树的平凡里写满了不平凡，如同人生的哲理。二是柳树懂得感恩。每一种植物都有一种姿态，别的植物大多都向上生长，而柳枝却是垂向下，用绿意装点人间，条条不忘根本，时时俯首脚下的土地，以一种低垂的姿态，温文尔雅，生机勃勃，借着风力，向脚下的土地虔诚致意。这姿态不仅展现了一种美，更引人遐思。

美哉大柳，在人如女，至坚至柔；伟哉大柳，在地如水，无处不有。

与树为邻（三）

杨树长得又高又大，也很少生虫子。有一种杨树，初春时会结一种毛茸茸的不知是花还是果的东西，在尚未长成时可以采摘下来蒸着吃。杨树通常很高大，采摘不易，而且过几天长大后便不能吃了，所以要把握好时间节点。由于吃的次数不多，其味道已经忘记了。夏天里，杨树下的一片浓荫，正是人们乘凉消夏的好去处。

秋风乍起，树叶飘落，远远望去像在空中翩翩起舞的蝴蝶。也许是对大地母亲的依恋，纷纷扬扬地落下，但不会落远，就是人们常说的叶落归根吧。匆匆地它们走了，又一个季节走过去了，新的一年即将来临，如此周而复始。"野火烧不尽，春风吹又生。"草如此，叶又何尝不是？每当目睹树叶飘零都促使我思考起自己的生命历程，不虚度光阴，奋发进取，认真过好每一天。日子会越来越少，谁也无法挽留时光的脚步，只有珍惜属于自己的宝贵光阴，前行而不踌躇，做好自己热爱的又有益于他人和社会的事情，获得一份属于自己的收获。

我儿子对杨树叶似乎情有独钟，源于他一年级教科书上的《写给秋姑娘的信》一文，文中说："让寄语写在树叶上，让南飞的候鸟带给秋姑娘……"在某个星期天的傍晚，儿子独自跑到小区的一隅，捡起了杨树叶，结果我和妻子到处找，急得满头大汗，还是没有找到，只好回家焦急等待，我坚信儿子不会走丢。过了好大一会儿，听到儿子的喊门声，我正要发火，打开门只见儿子抱着一堆杨树叶呆立着，小手冻得发红，那模样令我哭笑不得，心头的气也顿时烟消云散。我赶紧将一串杨树叶挂在一隅，留作纪念。我和儿子的童年都有捡杨树叶的经历，由于年代不同，意义已大相径庭。

梧桐树也是随处可见的一种树木。梧桐树最美的时候当然是春天，像桃树一样，叶子还没有萌芽，花朵就迫不及待地绽放在枝头了。每年梧桐花盛开的那段日子，老远便能闻到阵阵奇特的芳香，淡淡的，沁人心脾。风仿佛是它们的令旗，一吹就毫不犹豫地往下跳。

盛夏正是梧桐树枝繁叶茂的时候，庞大的树冠把烈日遮住，洒下一片阴凉。大人们在下面摇着蒲扇，狗儿也伸出长长的舌头，喘着粗气。如果是下雨天，躲在树下衣衫基本不会被淋湿。知了热得也是叫一阵歇一阵。

由于梧桐高大挺拔，为树木中的佼佼者，自古就被看重，而且常把梧桐和凤凰联系在一起。凤凰是鸟中之王，而凤凰最乐于栖在梧桐之上，可见梧桐树的高贵。在《诗经》里就有关于梧桐的记载："凤凰鸣矣，于彼高冈；梧桐生矣，于彼朝阳。菶菶萋萋，雍雍喈喈。"意思是说梧桐生长得茂盛，引得凤凰啼鸣。菶菶萋萋，是说梧桐的茂盛；雍雍喈喈，是说凤鸣之声很悠扬。

庄子在其《秋水》篇里也说到梧桐与凤凰。庄子见惠子时说："南方有鸟，其名为鹓鶵，子知之乎？夫鹓鶵发于南海而飞于北海，非梧桐不止……"这里的"鹓鶵"就是凤凰的一种。庄子说凤凰从南海飞到北海，只有遇见梧桐才栖息在上面。

因此，很多家庭都在院子里栽种梧桐树，因为梧桐不但有气势，而且是祥瑞的象征。

石榴树在春天抽出新的枝条，长出嫩绿的叶子。到了夏天，郁郁葱葱的绿叶中，开出了一朵朵火红的石榴花，花越开越密，越开越盛，不久便挂满枝头，近看仿佛是一个个小喇叭，正鼓着劲儿在吹呢。

过了一阵子，石榴花凋谢了，树上结出了一个个小石榴。石榴一天天变大，外皮也跟着由青绿到青黄、青红，最后变成红黄的颜色。熟透的石榴高兴地咧开嘴笑，有的甚至笑破了肚皮，露出满满的籽儿。

小时候，父亲带我植树，育的树苗儿有高有矮，有粗有细。不拘大小，移植的时候，父亲总要把树苗儿连同它周围的泥土，一块儿深深地挖起来，这样在每一棵树的下面就有了一个很大的土疙瘩，根须裹在里面，一点儿也不会暴露。父亲说："小苗子是在这儿生长的，就得用这里的泥土厚厚地包住它，这样苗子好活，以后就会长得旺盛。"我有些不解："这儿的土和那里的土，不是一样的吗？""小树身上带的土叫老娘土，只有老娘土，才裹得紧，也和小苗子最贴心。"父亲如此回答。父子俩沐浴在春风里，挖着老娘土，愉快地植下了小树苗。老娘土永远是无私的。在其呵护下，小树苗茁壮成长。

我认为树是有灵性的，在不同人的眼里有不同的看法，比如在诗人贺知章的眼里"碧玉妆成一树高，万条垂下绿丝绦"，树变得很妩媚。在木匠的眼里它只是用来做家具的材料，仿佛是个没有生命的东西，任人宰割。木匠发明了斧子和锯，且用树的一部分做斧子和锯的柄，木匠从来没有想过，一棵树先被斧子砍来砍去，然后被锯子大卸八块的时候，斧子和锯的手柄有着怎样的悲伤。因为它们也是树的一部分，它们的无奈和悲愤，被人的征服欲掩盖，就像一棵树的痛苦，被锯末掩盖一样。

人们之所以这样做，是因为并没有想到树作为一个生命体而存在，而更多地是把它们作为一种供人任意利用的物件。其实，树木作为生命体，应该与人们是平等的。

树木聚在一起，携手成林。一片树林，支撑起一个村子。树木守护着田地和村庄，等到枝繁叶茂的时候，为村子提供片片树荫，让房舍和道路躲避烈日炙烤。孩童赤着脚丫，踩着松软温润的泥土，在树下玩耍。树下休息乘凉的男女，在谈笑声里慢慢剪裁生活。飞上树枝的鸟儿偶尔鸣唱一曲，给树荫下斑驳的时光平添了几分美好。它们用枝叶拥抱蓝天，享天地之风气，得日月之精华。只要立足一处，就会坚守住地盘，毫不吝啬地回馈人们阴凉、食物与氧气，还有金钱等。树有树的内涵，树有树的灵性，功与过需要人慢慢琢磨和感悟。懂的人，自然能体会它的好与孬、是与非，就像人生的每一个阶段，童年有着纯真和浪漫，华年有着美丽和憧憬，中年有着拼搏和收获，老年有着芬芳和韵味。

我自小就与这些树木为邻，近廿载行走在它们之间，目睹了它们身披素朴的叶片，挨挨挤挤，栉风沐雨，不屈不挠，低音摇曳甚至无声无息，四季轮回中拙笨地生长与凋零的过程。寒冷的冬日里，落光叶子的树木，深扎根须，搂紧大地，似乎显得更加挺拔，干瘪的树枝从容面对着大地和天空，以坚定的信念等待来年生命的复兴，仿佛凝眉沉思的哲人，用执着与坚守，昭示着一种生生不息的生命精神。苦难的日子里，有的树木又会呈现在农人们觅食的视野里，填补着干瘪的肚皮。它们在天地间挺举着、挥舞着，时刻以一种志存高远、顽强向上的内在精神和外在形象，孕育着村庄朴素的生命。它们如同村庄里的许多事物一样留存在我心中，如柔润的阳光抚摸着我的内心，激励着我，感动着我，引领着我前行，还为我增添前进的力量。因此，让我永远怀想它们。

我爱故乡的树，因为它们不仅是乡村美的化身，还是乡村生命的象征，更是大千世界、滚滚红尘中农人们可以终生为伴的亲密朋友……

那些花儿（一）

老家的春不如南方的春来得匆忙而热烈。她迈着细碎的步子，悄悄地来，像个爱羞的小姑娘，在人们的期盼中才肯登场。

最先绽放的是迎春花。每到这个时节，迎春花像刚睡醒一样，在春风温柔的触角轻抚下伸出纤细的枝儿，绽开明媚的笑。那素雅的淡，明静的黄，单纯、简单、可爱，如同拙朴的水彩画。迎春花就是这样，开在乍暖还寒的寂寥里，不疾不徐，因为它知道，暖色之后必将是姹紫嫣红，春意盎然。我喜欢它这种不言功、不言禄，迎春而不争春、扮春而不妒春的平民品格。

田垄间、篱笆茅舍间，春风一吹，花儿就耐不住了，不必播种，就会有一片绿意拱出地面，无拘无束，虽然没有浓郁的香，却也有一身野性的美，泼辣的性格让人惊叹其生命力的旺盛。柳树绿了，桃花红了，梨花也白了，色彩丰富惹人醉，我的老家又回到春天的怀抱里。

三月烂漫的春光正在孕育着万物。

村中的花有很多种，如狗尾巴花、蜡梅花、金银花、美人蕉、牵牛花等。金银花几乎是与夏天一起来到的，它清幽的香气就夹杂在夏夜暖湿的气息中。金银花插在水瓶里，未开的花苞将继续开放，但存活时间不长，约10天光景。村里个别人家还种植了美人蕉，数量并不多，开花的时候显得特别有生机。美人蕉的花期很长，直到深秋才会凋落。牵牛花的花瓣是甜的，蚂蚁爱吃，所以经常会看到那里有蚂蚁扎堆。

阳春三月，油菜花开了，开得清纯、朴实、真诚、热烈。满地的油菜花金灿灿的，晃得人睁不开眼睛，像一壶发酵的老酒倒在方形的池子里，让蝴蝶醉得飞不稳。花香随风飘散，整个田野弥漫着一股特有的香甜气息。一望无垠的油菜花让天空更蓝，蓝得像没有一丝波纹的大海。蓝天在油菜花的映衬下十分平静，白云仿佛也是静止的。油菜花把春天推向了高潮，让人倍感春天的亲切与温暖。春季若少了油菜花，会是怎样的一番情景，真的不敢想象。儿时的我面对众多花儿尤喜油菜花，因为它不但有浓郁的色彩、芬芳的气味，更主要的是结出的果实可以榨取菜籽油，是农人不可或缺的食用油。

五月，棉花开花了，五颜六色，样子像酒杯，很养眼。还有向日葵，沿着老家院子围墙的里面几乎种了一圈。等到一起开花的时候，朵朵葵花像太阳，很是壮观、耀眼。

盛夏，村子的池塘里荷叶浓郁地舒展着，仿佛让人一走近就暑气全消。在万绿层中不乏多瓣的荷花点缀，它们有的含苞待放，有的羞涩娇人，荷香弥漫着整个村落。

人们眼中的荷花之美是在夏天。农历月份的别称中，六月便叫荷月。莲荷原本和浮萍、菱角、水葫芦一样，有水的地方就有它的身影，然而天性使然，它看上去却比所有的水生植物都要美得多。宋代诗人杨万里的"接天莲叶无穷碧"，写尽了那种大气磅礴的美丽。在那接天莲叶之间，一朵又一朵荷花，高擎于水面，旁若无人，冷艳高贵，真不知是天地间多少回暖风和凉月浸染而成的。

紫云英好像是专门开出来与油菜花媲美的。现在市场上有紫云英牌子的蜂蜜，不知是不是由蜜蜂采来的。我小时候，常常被蜜蜂蜇，主要还是由于我的顽皮干扰了它们的辛勤劳动。据说凡是蜇过人的蜜蜂在进入蜂房的时候就要被蜂王咬死。因为这样的蜜蜂已丧失采蜜的功能，失去劳动能力，如果继续生存下去也只能是浪费。看来蜜蜂要比人类更残酷，因为人类还容忍不劳而获的人生存。

葫芦开白花，五瓣，妖娆，味淡。花落时，底下会结出一个小小的葫芦，风一吹，那些葫芦便会在风中打着秋千。葫芦是中华民族的吉祥物之一，葫芦的谐音是"福禄"，寓意着兴旺昌盛、子息繁衍、和顺美满，所以上至老人下至孩童都很喜欢它。

喇叭花，又名牵牛花，因其形状像喇叭而得名。

篱笆上的牵牛花总是默默地长着叶，开着花。藤蔓争着、抢着向上攀升，唯恐自己落后于别人似的。每一个叶柄处生一个花蕾，像谷粒那么大，随后便开出大大小小的花儿来，淡红的、天蓝的、淡紫的，像一只只彩色的小喇叭，挂在篱笆上，不知疲倦地朝天吹奏着。牵牛花的花期很长，从炎热的六月一直开到秋风徐徐的九月，而且秋天是花朵最繁盛的时期。

牵牛花在篱笆上像个泼墨挥毫的艺术大咖，枝蔓伸展到哪里，花就开到哪里，悠闲自在地舞动着自己的身姿。那简陋的篱笆墙也被牵牛花染香了，默默成为牵牛花展示才华的舞台。

牵牛花美丽、质朴、不骄奢，古往今来，深受人们喜爱，在民间传说中，牵牛花常跟牛郎织女的爱情故事联系在一起，寄予着世人美好的愿望。

宋代诗人林逋山就曾在诗中写道："天孙滴下相思泪，长向秋深结此花。"天孙指的是织女，是说牵牛花是织女的相思泪变成的。在宋代诗人危稹笔下，牵牛花是"应是折从河鼓手，天孙斜插鬓云香"。"河鼓"指的是牛郎星，是说牛郎摘下牵牛花送给了织女，织女把花斜插在发间。

因为这些传说，牵牛花又有了许多神秘的色彩。

牵牛花几乎充盈着我的整个童年。那时的夏天，老屋前的篱笆墙上，从春到秋都长满了牵牛花，牵牛花爬上了篱笆，立即就有了一番别样的乡村风情。那些花婀娜多姿，随风摇曳，远远看上去，整面篱笆恰似一幅随风摆动的画。

菊花的颜色有白色的、黄色的、紫红色的。这里说的菊花不是花卉当中用来欣赏的菊花。菊花是比较独特的，与其说它是花不如说是果，因为人们种植它就是为了收获它的"果"，用来泡茶或当中药。菊花价格很昂贵，主要原因是产量不高。采摘的时候要特别小心，否则就会被上面的刺儿扎伤手。

深秋时节，苏北的田野里到处都有盛开的野菊花，是寒秋的原野上一道亮丽的风景。在菊花的前面加上一个"野"字，就充分说明了这种菊花的身份，没人管没人问，完全是自生自灭。据说，野菊花的花蕊凋落后像柳絮一样随风飘散，凡是能被风刮到的地方就会生长野菊花。正如此，野菊花比人工种植的菊花多了几分野性的绚丽，又增了几分傲然的朴素之美。这些野菊花属草本植物，每到秋天便争先恐后地盛开，装点着万木萧条的秋野，彰显着蓬勃的生机。"不是花中偏爱菊，此花开尽更无花"，唐代诗人元稹一语道破菊花不畏严寒，独占芳华的魅力。野菊花把自己的花香、自己的美毫无保留地奉献给了大自然，奉献给了人们。我深深地为野菊花顽强的生命力和奉献精神所感佩。

蒲公英，田埂地头、小沟里都有它的身影。成熟的蒲公英花儿，遇到适宜的阳光和清风就会打开，细小的籽粒飞扬，记忆也跟着飞扬。儿时经常拿着它玩耍，用嘴一吹像棉絮一样的东西飘向空中。

野蔷薇有很多刺儿，这种花上总是落满了野蜂，野生的细腰蜂与葫芦蜂经常光顾。它们是不会酿出蜜来的。麦子拔穗的时候，麦垄里常见到一种紫色的球状小花朵，纤弱的样子惹人喜爱，常常攀爬在麦秸秆上，随着麦子的收割，就会寿终正寝，给人一种红颜多薄命的感觉。

那些花儿（二）

常见的四种带刺儿的野草，也开着各色的花儿。

蒺藜在田间地头很常见，尽管不惹人喜欢，却是一种常见的植物中药，可以用来治疗很多疾病。它结果前会开着淡黄色的花朵，果呈五角形，直径约 1 厘米，由 5 片果瓣组成，成熟时分离，每片果瓣两端有硬尖刺儿各一个。光着脚丫乱跑的年纪，我偶尔会被这种草扎到。

苍耳子生于山坡、草地、路旁，适应性强，不择土壤。但凡在农村生活过的人对苍耳子一定不会陌生，只是叫法不同。苍耳子先开花后结果，果子大小跟枣核差不多，浑身长满了小刺，去野外玩耍的时候不知不觉衣服就被挂上很多。苍耳子的刺儿很小，一般不会扎伤人，因此成了我们小时候的玩具或恶作剧的材料——悄悄把它扔到别人的衣服或头发上。苍耳子也是一种中药且有毒性，但是老家人却没有发现它的药用价值，它完全是自生自灭。

我小时候经常割草喂猪，在众多的野草中，猪最爱吃的是拉拉秧。这种草在野外很常见，一棵就能长好大一片，一棵甚至能装满一筐。拉拉秧除了叶子浑身都是小倒刺，叶两面生粗糙刚毛，秋季开花，花小，果穗绿色，类似松球状，稍不注意就会被它划出印痕，小时候割拉拉秧没少被划伤。

刺菜，学名叫小蓟，常见于田埂、地头、沟旁、湿地等。长在地里面的刺菜都被当杂草锄掉了，其实刺菜是能吃的，而且具有清热解毒、消炎止血等作用。刺菜叶子边缘长了很多的小毛刺，根肥大，花紫红，顺着刺儿拔才不会被扎到。我小时候经常在野外拔野菜，嫩嫩的刺菜可是一种美味。北宋药物学家苏颂曾说："小蓟处处有，俗名'青刺蓟'，二月生苗二三寸时，并根作菜，茹食甚美。"

不必播种，没有人侍弄，每一年春天，花儿们都会如期而至，任性地开出一季繁花来。尽管土地贫瘠而干硬，风吹雨打，加之人为地摧残，但花儿都不在意，就像身微命贱的穷苦孩子，依然顽强地活着，似乎没有什么可以阻止它们开花结果的信念。

树木有不少是开花的，如桃树、梨树、梧桐树、楝树、核桃树、苹果树、杏树等。

梨花素，桃花艳，杏花娇，其中桃花的颜色最好看，粉粉嫩嫩的，仿佛弹指可破。

经春风，沐雨露，春风雨露轻轻一撩拨，桃花便疯了一般，开得娇艳动人。"人面桃花相映红""占断春光是此花"。人世间第一朵女人花——桃花，盛开在《诗经·国风·周南·桃夭》的字里行间，"桃之夭夭，灼灼其华"，被古人赋予了神圣意义。桃花在春天里娇艳至极，优雅端庄。那深浅不一的浪漫色彩，迷醉了大地，更迷醉了诗人，让人不由得想起陶渊明那流传千古的名篇《桃花源记》——"忽逢桃花林……有良田、美池、桑竹之属"的美景胜地成为很多人魂牵梦绕的地方。从"争花不待叶，密缀欲无条"的诗句中看得出桃花开得张扬、热烈；从"夹岸桃花锦浪生"到"烈火绯桃照地春"可以看得出桃花开得艳丽妖冶，灼人眼眸。

枝头花蕾有的含苞待放，有的刚刚萌芽，有的半开半闭，灿烂妩媚，光彩鲜艳。红的耀眼，白的夺目，盈盈似雪。一阵清风吹过，花瓣扬起，像粉色的雪片随风起舞，舞姿是那样的轻盈。脱去粉色绣袍的桃树就会露出秀气，枝头孕育生命的旋律正在温暖的阳光中悄然开始，仿佛每棵树都炫耀自己的鼎盛时期，每朵花都在微风中颤抖着说出自己的喜悦。其实，人生应该如桃花一样，花开也好花落也罢，都能从容面对，波澜不惊，尽可能把光鲜的一面展示出来，少留甚至不留遗憾。

春天仿佛是从一片梨花瓣走进人间的。

春天的早晨从最后一个冬夜里开始，预备着上演五彩缤纷的舞会。阳光错落着从梨树群中穿梭，晨露紧紧地咬了一夜，刚松了一口气，就从树枝上滑落。小草伸出碧绿的小手，低声地吟唱，等待了整整一个冬天，都是那样的新颖，那样的鲜活，伫立着，凝视着，听花瓣与花蕊轻轻地合唱春的恋歌。

叶子还没有发芽，梨花就开了，热烈，闪亮，胜过炽热的太阳，纯粹，脱俗，灵秀，远隔尘世。树枝一律裸着，一个冬天的努力，都献给了花儿。不害羞的花儿尽情绽放。一阵微风吹来，一些娇气的花儿夭折了，从枝头上飘落大地。叶子不露声色，不出风头，不争春光，用尽浑身的力气和营养，滋养花瓣，无怨无悔。这种给予是一种品格，低调地劳作是一种风度。

梨花是白的，有人把它比喻成雪、比喻成粉，总之，它白得富有，白得真切。白色的花瓣间露出淡红色的蕊，层层叠叠，亲密无间。其实，梨花的白是白开水的白，没有故事，清洁，寡意，薄情，一览无余地浩荡在春风里。梨花的白是处子肌肤的白，嫩透，丝滑，无知，懵懂，不谙风情，情窦未开地喧闹在春风里。

梨花在雨天好看，挨挨挤挤好像小丫头们在那里扎堆哭泣，让人看了顿生怜爱之心。有聚首就有分离，有花开就有花落，来来去去，春去春又回，春风不解情怀，一阵阵吹开梨花思春的淡淡轻愁。

梨花落了，春天慢慢地远去了。

草芽初绽的时节，红杏应时而发，看上去如红霞，如绯云，更如火焰。从"又是一年春草绿，依然十里杏花红"到"绿杨烟外晓寒轻，红杏枝头春意闹"，都少不了一个"红"字。而"春日游，杏花吹满头，陌上谁家年少，足风流。妾拟将身嫁与，一生休。纵被无情弃，不能羞""春色满园关不住，一枝红杏出墙来"等，则又使杏花在人们的心目中多了些许暧昧，乃至演绎出"红杏出墙"的成语，令无辜的杏花蒙冤。

梨花、苹果花大多是白色，唯有桃花和杏花为粉红色，所以人们把男女情事绯闻叫桃色事件。谁家的女人跟别的男人相好，叫红杏出墙。这是对桃花和杏花的褒义还是贬义呢？

在众多的花儿中，枣花可以说是最小的。小到以至于很多人都不去留意它。那是一种淡绿色的小花，甜气颇重，散发着特有的芬芳。每年枣花飘香的时候，总有野蜂或人工放养的蜜蜂围着它飞来飞去采花蜜。我家老院子里的那棵枣树，每到枣花盛开时，便会不时有花瓣儿飘落下来。我常常在树下玩耍，偶尔便有花瓣飘落在头上或衣襟上，于是情不自禁地捡拾起来，放在鼻孔处深吸它的芳香，沁人心脾。"簌簌衣巾落枣花"是苏轼的诗句，第一次读到它，倍感亲切。

还有的树开出的既是花又是果，槐花就是如此。槐花不管是开还是落，都为人世间增加亮色。遇见槐花，于心灵是一种回归，于世道是一种变迁。

那些花儿（三）

村庄的房前屋后都有葫芦的身影，不论土地是贫瘠还是肥沃，都能茁壮成长。柔软的藤四处蔓延，相互缠绕，或爬墙或绕树，藤上面的须子犹如弹簧，松紧不一，不论松紧都有助于藤蔓攀附，给农人带来大片的绿色和清凉。七月的惊喜从藤上生出来。藤上吐出花蕾并渐渐绽放，白白的五片花瓣在微风的吹拂下，仿佛在空中翩翩起舞的白鸽翅膀，隐约还透着些香气。一个个妖娆的小葫芦，碧绿中透着光亮，垂在叶子下面，浑身长满柔柔细细的茸毛，一掐就出水的模样让人怜爱。顶部的花蕾随着葫芦的增大逐渐凋谢。葫芦的形状由小变大、由扁变圆，颜色由绿变白、由白变黄，如果不及时采摘，让其继续生长，皮质就会增厚、外壳就会变坚硬。等到秋收时节，葫芦秧干枯时，把葫芦摘下来，放在堂屋檐下的窗台上晒一个冬季就可以长期保存了。

待到葫芦干透时，用手一摇，里面的葫芦籽"哗啦哗啦"直响，给葫芦开瓢的时机就到了。看似简单，要想开个等圆也并非易事，既要画线又要找锯子，这样的事情最好请木匠来完成。等到轻轻锯开，一剖两瓣儿，心形的葫芦就变成了两只瓢。抠掉里面的葫芦籽儿，把瓢放在开水锅里翻几次身煮熟煮透，捞出晒干，经久耐用。

葫芦瓢的用途也很多，既可以用来挖米面等食物，也可以当成水舀子放在水缸里，不用担心它会沉到缸底，故有"按下葫芦起了瓢"的俗语。衣服破了能缝补，葫芦瓢同样可以。记忆里，我家的那只葫芦瓢使用了很多年，也被打上了多个补丁，上面的白粗布和线绳清晰可见，至于是如何缝补的我倒是没注意。

向日葵是怎么破了壳从泥土里钻出来，又在一场雨后飞速地茁壮成长，则完全被我忽略掉了，好像它一生下来就是一朵花的模样。中间，几个月漫长的生长过程，所经历的栉风沐雨也没有引起我的关注。我只是惦念着开花时的向日葵，终于等到看见第一朵花的时候才将贪玩的视线转移过来。于是，天天观察向日葵如何迎着朝阳绽开笑容，并追寻着阳光的足迹，转动自己的花朵。难怪人们常常将向日葵比喻成太阳的笑脸。

我喜欢徜徉在鹅黄色的向日葵花海里。它们疏密有致地站立在那里，花盘全部面朝同一个方向，那如同冠戴黄金盔甲的阵容，那昂首的金黄，那威仪的绿叶，一行行一排排，如列队的士兵整齐地伫立着，又仿佛统一着装的女子，以同样的姿态和整齐的队形成为乡间一道亮丽的风景线。

向日葵也是极佳的蜜源植物。每年六七月间，外地的养蜂人便会带着他们饲养的蜜蜂，驻扎在村外，让蜜蜂尽情地吸食着向日葵花盘里的花蜜。向日葵的花期约半个月，对养蜂人来说十分宝贵，一定要抓住这一时机。盛开的向日葵仿佛是他们的牧场，蜜蜂则是他们的牛羊。

向日葵直至夕阳落下才慢慢低下头，坠入梦乡。夜色中的向日葵看上去细而高，那沉甸甸的花盘，好像在颈上支撑不住，很快就要折断掉下来，以至于我在梦中还在为它担心。秋天的气息刚刚抵达村子的时候，向日葵就已经熟得再也转不动沉甸甸的花盘了，也就到了该收获的时候了。籽粒变得饱满起来，叶子也变得枯萎起来，人们砍下向日葵盘，放在地上晾晒，等到水分基本被蒸干时，便将葵花子搓下来，接着晒，直至完全变干。葵花子是向日葵呈送给人们最直观的礼物。在闲暇的时候，人们聚在一起，聊着天，炒熟的葵花子成了助长谈兴的绝佳零食。

"更无柳絮因风起，惟有葵花向日倾。"美丽的向日葵，幸福地面向阳光，给人带来多少美好的希望，使人展开无限的遐想。向日葵洋溢着映满脸颊的无限容光，灿烂着农人心中日益升高的梦想……

有很多蔬菜也开花。比如萝卜的花，白白的一簇簇开到一起，而且每年只有几棵萝卜会留着让它们开花，结成种子，所以也非常稀罕。韭菜也开花而且能吃，只是大多未等到开花就被收割了。韭菜花与大蒜末混合在一起吃味道更佳。

黄瓜的花是长在黄瓜顶端的，从小到大，等到该摘下来时仍然有花朵，这样也显得鲜嫩。大葱、芹菜、菠菜等也都能开花，如果不及时收获就会变成种子。

紫色的豆角花蜿蜒、缠绕，当它们轻轻凋谢、心还在蜿蜒的藤蔓间缠绵时，一根长长的豆角已经悄然滋生。它把紫色的心事幻化成了一粒粒精灵的豆豆，稀疏有致地排列在碧绿的宝盒里。

丝瓜花盛开在夏天，散发着芬芳的香气，挂着真诚的果实，滋养了一代又一代勤劳的农人。繁衍总是在平静的乡村毫无保留地延续着。既然生存如此简单朴实，那么花儿要开就要开得痛快，不留一丝余地地开放，空中的阳光照耀着深黄的每一朵花、深绿的每一片叶。

丝瓜花开的时候，金色嫩黄，几朵小花紧挨相依，气宇轩昂地张开花瓣。一只只小小的飞虫，钻在花蕊的中间有滋有味地吸食着花粉，同时它们也是促成果实的使者。光影交织的藤蔓底下，果实已经开始诞生了。一阵清风舞动，丝瓜架随之上下浮动一番，丝瓜花曼妙的身影如同一群轻盈的舞者挥动着一片云裳羽衣，触手可及。

在蔬菜花中，我独爱南瓜花。五月的风吹着，五月的阳光照着，五月的雨淋着。南瓜秧像一个个喝饱了乳汁的孩子疯长起来，瓜藤爬满了整个后院，一直爬到墙上。金黄色的南瓜花也在不经意间开了且开得很持久，从夏初到秋末的霜降之前，花朵一直不断，热烈而奔放。起初只有几朵，静静地开在碧绿里，不久便繁盛起来。花儿开得亮丽闪光，每朵花都像一只金灿灿的酒杯那样精致。特别是一场雨过后，每只杯盏里都盛满了晶莹的水珠，仿佛高举着斟满琼浆的杯子在欢迎客人的到来。其中较大的一朵，精致地吐出花蕊，蜜蜂便开始忙活起来，花叶被压得上下震颤，蝴蝶也赶来凑热闹，只是在花间翻飞，流连一番便又飞得无影无踪。它更像一个领舞者，身后那群巴掌样的绿叶，和着风吟，伴着花舞，似乎竭力把它隆重推出。远观，丝丝缕缕，绵延不断地生长着；近观，金光灿烂，芬芳嫣然，让人心情舒畅。即便如此，老家人也没把它当作花儿来欣赏。南瓜花有性别之分，雄性的花不结果，只有雌性的花才结果。不结果的花也有用途，摘下来做成美味佳肴。

如今，那开在院子里的南瓜花已变成我梦中的情景，与祖母慈祥的面庞一样，永远摇曳在记忆里……

我喜爱这些无忧无虑开放的小花！它们栉风沐雨，不需要呵护，始终保持着天然纯真，在夏日的风景里开好每一朵花，走好每一步路，使生命的每一秒每一刻都充满了真实的意义，安贫乐命，勤恳踏实，装扮乡野，滋养农人。

第三辑　风物

　　我最初记忆里的油灯是一个小小的黑碗，里面半碗棉油，一根用棉花揉成的捻子蛰伏在碗边。几乎家家户户都有一盏这样的油灯。尽管灯光昏黄如豆，但每当夜幕降临的时候，一盏盏油灯还是给清静的乡间夜晚带来温暖和天伦之乐。

农具（一）

　　农具对于农人来说不可或缺，是它伴随着农人在农耕时代不断繁衍生息。时隔多年，我仍然能一一叫出它们的名字，熟悉其用途和使用方法，因为它们曾经在那片热闹的土地上耕耘收获，把一片片荒野拾掇成良田，让一个个家庭获得饱暖和简单的幸福。可以说，它们已经在我记忆的土壤里生根。

　　铁锹主要是挖地、挖沟、取土、装卸粪土时用。新的铁锹并不好使，等使用到六七成新时最锋利。铁锹不怕用，最怕闲置，这样往往会生锈。勤快的人家都在农闲时将铁锹擦洗干净，有条件的还要涂抹润滑油，保养起来。

　　铁犁的把手弯曲，前面是明亮的犁尖。木的部分叫犁，也叫犁杖；铁的部分叫铧。犁一定要用结实的木料来打造，手感沉稳能扛千斤，在岁月里坚韧成长且木质坚硬的树才可以担当。这样的树也只有槐树了吧，只有它适合做犁杖的骨架。

　　铧是犁底端尖利的铁片，是犁杖的灵魂，仿佛宝刀雪亮的刃口，仿佛画龙之后的点睛之笔。铧来自最好的铸铁，它经过炉火高温的淬炼和捶打。在千锤百炼中长大的铧，一出世就锋芒毕露，刀锋上闪烁着寒光。锐利的犁铧不轻狂不张扬，经过的土地都是有希望的。犁铧默默游走在土地深处，犹如一条水蛇蜿蜒前行，是劈开坚硬的土层寻找最柔软暖床安放种子的先锋。它比种子早一步到达，替种子装点了洞房，铺好了安乐窝。

犁完之后，便是耙地了。铁耙由木框和铁齿组成，也是比较笨重的农具，一人很难搬动，长约 150 厘米，宽约 50 厘米，呈"井"字形，上面均匀地镶嵌着铁齿。它主要用于平整土地，耙碎土块，耙出土里的乱草和庄稼的根，方便接下来的播种。为耙得更深些，耙上往往要站个有经验的壮劳力，这需要技巧，只有老把式才能运用自如。男人站在耙上，两腿微曲，手里拉着绳子用以平衡，就像在大海里冲浪，随着地势的高低上下起伏，飘忽而又不失威风。一块地被反复耙过之后，便均匀松软，颗粒细碎，平整得如一面镜子，让人不忍下脚，远远望去，一马平川，堪称农人的艺术品。

铁丝原本不属于农具，但在种地的时候，往往会派上用场——放线。所谓"线"，其实是数十米长的铁丝，两头拴有小木棒。放线时，一人用脚踩住木棒，把"线"的一头固定，另一人远远地扯着，双手抓住木棒用力一抖，铁丝便成波浪状往远处奔去。多抖动几次，长长的铁丝便一浪接一浪地起伏，最终形成笔直的直线。这时，第三人拿起铁锨，沿着铁丝拍打下去。如此这般，一条条笔直的印迹便出现在平镜般的田野里。然后，大家一起沿着印迹培土打畦埂，这样才会笔直。

耧子是播种小麦的专用工具。麦种被放进耧子上面的方斗里，后面有人扶着把手，前面数人用绳子往前拉或者用牛拉出一道道土沟沟，后面扶耧的人便有节奏地左右抖动耧子，这是需要技术的。麦垄的曲直，麦种的稀与稠，全靠他来掌控。麦种顺着耧齿流到沟里，拴在耧子后的小木板再把浮土推平，这样麦种便被播进了泥土中。

木锨的模样有些像铁锨，只是全身都是木头做的。歇后语"老鼠拉木锨——大头在后边"，将这一工具的形状描绘得很形象。事实上老鼠是不可能拉动木锨的，这只是一个比喻罢了。木锨主要是在麦场上用来扬小麦或翻晒小麦，是麦收时必备的工具。

铁锄的模样似乎很特殊，身如鸭脖，头如铁铲，整个铁锄有些笨重，因为一大截儿是铸铁。木柄倒是很短，约有40厘米。古诗"锄禾日当午""带月荷锄归"中的"锄"就是这种铁锄。使用铁锄挖地或锄草时站立着，微微向前倾着身子，如果使用不当，一会儿手上就会磨出血泡，我对此有切身体会。暑假里父亲带我锄草，他的动作很娴熟，两手一前一后，两脚交替前行，只见锄头在禾苗间游走，忽而向左忽而向右，既做到斩草除根，又不伤害禾苗。我却做不到，一不小心就将禾苗锄下来，手上还磨出水泡。休憩时，我才得以仔细打量铁锄，那光滑又龟裂的手柄里，饱含着风的痕迹、汗水的味道、烈日炎炎下的锄禾声、粗重的喘息声，还有数千年的大地情怀。其实，除了锄草，它还有很多用途，比如挖穴、作垄、耕垦、中耕、松土、碎土、培土、盖土等。没想到这个拙朴而怪异的农具，却有如此多的用途，这不能不说是农人的智慧发明。想想看，一把锄头在新石器时代诞生，经过漫长的冷兵器时代，从石锄头到铁锄头，能存在得那么久，实属不易。

铁铲像卡通式鞋子，短短的木手柄，而且木柄很特殊，有个小叉，大拇指和食指中间虎口处刚好顶住弯处，能使上劲儿。小孩子使用铁铲主要是割草，还可以用来做游戏，比如挖土坑等。

抓钩的铁头有四五个齿，把手是约40厘米长的木柄，主要是刨出埋藏在地里的东西，如红芋、花生等。提起抓钩我想起一个有关它的故事，听母亲讲，那时还在合作社，生产队召集社员集中收获红芋，正在大家干得热火朝天时，一位粗心的新媳妇将她前面老公公的裤子钩出几个洞，险些伤到屁股。大家把这一险情当成笑料，流传了很多年。

凡是看过《西游记》的人都不会对猪八戒的武器——钉耙陌生吧，八戒主要是拿它降妖护身，虽不比孙悟空的金箍棒厉害，威力也相当惊人。而老家的钉耙虽模样相似，但功能只是用来整理耕地。儿时我也曾学着猪八戒耍钉耙，结果被家长训斥，原因是太危险。

笓子与钉耙形状相似，只是工艺、材料、大小、功能不同。将新砍下的竹竿一端均匀地劈成若干条，在火焰熏烤下使其呈扇形张开并弯成类似手指半握状，再用铁丝或细篾固定成型。这样，笓子就做成了。这些需要专业人士来完成。笓子主要用来聚拢那些零散的茎叶，比如散落在田间的麦秸秆、大豆叶等，非常轻便，老幼皆可使用，只要抓住笓子的把柄前行，凡是笓子经过的地方基本无遗漏，效率极高。

镰刀的刀头像个弯弯的月亮，木柄约有 50 厘米长。农忙麦收的时候，每家都有好几把。没有经过收割洗礼的镰刀，算不上真正的镰刀。只有那种木柄被勤劳的手抚摸滋养，木质从紧握它的手中吸收了脂膏后的镰刀才会所向披靡。镰刀所到之处，没有哪一棵庄稼或野草躲得过它薄薄的刃，逃得过它锋利的光芒。对于镰刀来说，收割是快乐的。镰刀被一只只苍老、红润或者稚嫩的手牢牢握紧，"唰唰""唰唰"，成垄的麦子被割倒，成垄的金黄被割倒，天空敞亮，大地弥漫着麦香。

扒棍主要用来拍打有颗粒的作物，如大豆、小麦等。虽是一个简单的木头工具，使用起来也要讲技巧，弄不好就会震疼虎口。

木杈是用树杈做成的挑柴草的工具。作为农具家族的一员，虽不能翻土掘地，亦不能割麦打谷，但其用处依然颇多：小麦、黄豆脱粒时搬运秸秆，需要木杈；打麦场上翻晒麦秸秆，需要木杈；秸秆堆积成垛，需要木杈；修缮房屋时往房顶扔草垛，需要木杈……木杈的长处在于不挑三拣四。那些查漏补缺、细枝末节的活儿全得靠木杈。

扁担是用枣树或榆树等木料制成的，富有弹性，两头拴上铁钩，主要用来挑东西。作为运输的补充工具，使用它要掌握技巧寻找平衡点，否则就会倾斜。我家的扁担用了几十年，直到交通发达了才被闲置起来，已是伤痕累累。

　　有时想想，农具家族真是一个很奇妙的组合，纵然只是木头和铁器的组合物，也会分出个高矮胖瘦，铁犁是强悍的，铁锨是虎气的，锄头是磅礴的，镰刀是轻快的，木杈则是轻盈的……各有各的用处，各有各的长处。

农具（二）

石磙、石磨、石臼等，都是加工粮食的器具。

石磙是所有农具中最笨重的，圆柱体的石头，直径六七十厘米，长度八九十厘米。它常常被气盛的年轻人作为打赌比力气的对象，看谁有力气将它搬起来。农闲时它被冷落在一隅，等到打麦的季节，又成为大家轮流等候的宝贝。石磙被木架固定后，套在牲口或拖拉机的后面，骨碌碌地在需要脱粒的庄稼上面绕圈儿碾压，直到粮食粒从壳或荚中脱出。直至有了脱粒机，它才显得无用武之地。

农具中，我和石磙"感情"颇深。因为石磙比较光滑，不论是抚摸着还是坐在上面都觉得很舒服，尤其是夏天。故我儿时经常跨骑在石磙上玩耍，有时困了甚至会趴在上面睡一会儿，醒来后发现口水流在上面。

一个石磨通常要两个人一起推。推手是木头做的，呈"丁"字形，推手横着的木头两端被绳子吊起来，与石磨的高度持平。推磨时，人们把棍子穿在绳套里，横在腹部推着走，一圈又一圈，这样不仅需要力气，更需要耐力，几十斤粮食，有时要推上半天，其辛苦可想而知。

为了减轻劳动量，也用驴子拉磨。驴被一块旧布蒙上眼睛，在人的吆喝下，围着磨不停地走着。石磨咕噜噜地转动，像老人熟睡中永不停止的鼾声。

石磨的声音听起来有些刺耳。老家人常用"磨棋子压着狗耳朵——没人腔"的歇后语来讽刺那些喜欢唱歌却又五音不全的人。石磨频繁使用后，转动的声音就会变得"呼喽喽"的，这声音说明该锻磨了，需要专业的锻磨匠。锻磨时，石匠的一招一式特别认真，锤凿声不绝于耳。把磨的槽齿加深，目的是磨出来的东西更精细。掀开石磨看它的槽齿，围绕一个中心点延伸开来，颇像太阳散发着光芒。

当人们推动上面的磨盘时，两层石块旋转摩擦产生的力量，就很容易把小麦、玉米、大豆、大米等粮食磨成粉末。从中间孔道里流下来的粮食就会随着上层石磨的转动被磨成粉末，并顺着凹凸处旋转出来，均匀地分布在四周，从夹缝中流到磨盘上，方便人们把它扫到簸箕里。如果是小麦粉末筛去麸皮便是白面粉。

石磨历来被视为生活中的依托，现在却被抛弃了，孤寂无奈地沉寂在乡间。它一生悠悠转动，月落日出，冬去春来，磨出了人们生活中的欢乐和苦闷，也磨走了人们的芳华……

石臼也叫碓窝子、石窝子。碓窝子是用整个大青石雕凿而成的器具，中上部位有个很大的窝窝，深深的、圆圆的，形状像个巨型的酒杯，几乎可以容得下一个篮球，里面盛放被砸的食料。石臼高约60厘米，上口外径约50厘米，内径约30厘米，再寻常不过了，几乎家家户户的大门旁都可以看到它。石臼的功能非常多，好多需要破碎的东西都可以放在里面捣。那时，打面机、碾米机还没有出现在乡下，只能通过石臼舂粮。

与碓窝子配合使用的是一个被打磨得同样光滑圆润的半圆形石块，名曰碓头，上面有个凹槽，用来安装一个约30厘米长的木把柄。使用方法很简单，用碓头砸放在碓窝子里面的食料，石头与石头撞击就可以了。

主要用来加工麦仁、芝麻盐、花生、花椒、豆扁子之类的食品。

据史料记载，先秦已有舂米之说，春秋战国时期的《墨子·天志下》记载："丈夫以为仆圉、胥靡，妇人以为舂酋。"照此推论，石臼存世已有 2000 多年。其实，在古代，石臼原本是统治者惩罚奴隶的一种刑具。《周礼·秋官·司厉》中记载："其奴，男子入于罪隶，女子入于舂槁。"由此可见舂粮的辛苦。当年，汉高祖刘邦的宠妃戚姬，在刘邦死后遭到吕后的迫害，终日舂不停，凄然而歌："子为王，母为虏。终日舂薄暮，常与死为伍。相离三千里，当谁使告汝。"李白也曾在其诗句"田家秋作苦，邻女夜舂寒"中道出了乡下女人的辛苦。试想，一个女人提着很重的石头一上一下地舂米，该是何等艰辛。

从先秦到现代，经过漫长的历史岁月，石臼一直是农人不可或缺的生活用具，如同石磨一样，在村民的生活中默默无闻地扮演着重要的角色。它那朴拙的身影盘踞在沧桑的历史中，孕育着艰辛和自强不息的精神。但是，随着时代的发展进步，那"鏊鏊"的舂碓声在人们的心中已变得生疏而遥远。

老家的水车大多安置在生产队菜园的田头，井口上横着两块方木，水车的底座就定在方木上，下面由许多铁管子组成，一直延伸到井水中。

蔬菜需要浇灌时，人们将一根木棍插在水车头的扣眼里，推着水车头上边的棍子围着井转圈儿，由人力的推动带起水车圆齿盘的转动，缚在圆齿盘上边的链条一齿一齿地往上滚动，带动链条上边的皮阀在水管里面一层一层地将水从井下翻上来，不断地将水送进盛水的铁簸箕里，再从铁簸箕缓缓流进田间。

推水车需要用很大的力气，一个人很难推动，通常要两三个人。为了节省劳动力，大多时候使用毛驴来拉水车。一头成年的毛驴拉起水车来似乎并不轻松。毛驴拉水车时会用一块黑布将其眼睛罩住，这样做大概是为了防止眩晕吧。毛驴似乎不知疲倦，步履缓慢走个不停，一圈又一圈。天长日久，它踩踏的那个圈子就会比正常的地面凹下去不少。水车转动时有节奏地发出"吱呀、吱呀"的声音，伴随着的是"哗哗啦啦"的流水声，转得快出水就多，转得慢出水就少。

水车究竟使用了多长时间，我无从知晓，只知自从农村实行家庭联产承包责任制以后，许多水车就被人们抛弃在一边，很快变得锈迹斑斑、残破不堪，取而代之的是机械化灌溉设备。

独轮车顾名思义就是只有一个轮子，它全身都由木头制作而成。该车是推着前行，小巧灵活，使用方便，关键要把握平衡。到我有记忆的时候村子里已不多见，中意家里有一辆，常见他的父亲推着运送庄稼。陈毅元帅在总结淮海战役时说，胜利是用小推车推出来的。我想那时独轮车应该是老百姓支前的主要运输工具了。

独轮车还可以细分为宏车子与土车子，两者相比结构基本相同，而承载量差别很大。因为土车子轮子较小且隐藏在下面，土车子上面是个平面，故主要运输一些相对较轻的物品，而宏车子就不同了。

宏车子因轮子大，车面宽，故中间有一个突出部分，看上去像个梯形，其主要作用是固定两边的东西。

宏车子的用料并不是那么严格，只要是硬杂木即可。在造车过程中，木匠为了减轻推车人的臂力劳累，将车轮基本放在车架正中间，这样，宏车子的车轮就承受了整个车子的重量。

与土车子比较，宏车子的车轮比较大，直径约 90 厘米。车轮圈由六块弧形木块对接，合成一个圆形车轮，车轮内的车条是木质的。

宏车子比较难推行。首先车子两边的重量不能太悬殊，否则会造成车子的不平衡，很容易翻车。所以推宏车子，最重要的是保持车身平稳，要靠两条臂力与身子重力的配合，跟在推宏车子人的后面，常看到他们的屁股扭来扭去，看上去很滑稽，实则不是表演而是寻求平衡。

农具（三）

　　平板车在实行土地承包责任制以后开始流行，因为每户都分到了好多亩田地，农人的劳动积极性空前高涨，地里的收成比吃"大锅饭"时多了很多，使用独轮车收种庄稼明显赶不上节奏，于是平板车派上了用场。

　　平板车作为木质的运输工具，构造朴实而简单，主要由三部分组成。从我记事起，轮子就是能充气的，我想再早些年应该是木头轮子吧。车身是用木头做成的，应该是独轮车的演变和进化。我家的平板车是用槐木做成的，比较扎实。平板车的前面是车把，用两根一米多长、由粗渐细的木棍制成，作为拉车的把手，相当于汽车的方向盘，外加一根和车架连接在一起的两三米长的绊带。中间部分是车架，也是平板车的主要车体，两侧是排列整齐的三五根半米长的木条，中间是两平方米大小的长方形木板，车架下面有两个凹槽。第三部分是底盘，这是平板车的"助力器"，由大杠和两只车轮组成，大杠是个一米多长的铁轴，车轮包括内胎、外胎、轮毂、车条等零件。农人运庄稼、送肥料、拉土等都指望它，在田间地头、大街小巷，到处都可以看到负荷满满的平板车。

尽管如此，并非家家户户都有自己的平板车。尤其到了秋季，平板车的使用频率最高，有时一辆平板车，要有两三户人家预约借用。人们满怀着丰收的喜悦把收获的庄稼从田地里拉回家，再把积攒沤制的农家肥从家里拉到地里，为即将播下的麦种做底肥。就这样，来来回回，撒下汗水，播种希望……

拉运农家肥可以说是最苦最累最脏的劳动。装上满满的一车肥料，在大路上行进还算轻松，一旦进入松软的田地，便要付出数倍的力气。特别是在秋雨之后，田地变得更加松软，拉车人除了肩背绊带还要低着头，弓着腰，后蹬腿，用足力气向前拉，每前进一步都相当艰难和吃力。这时，多半要有人助力，或推车帮或拉车把，甚至会用双手扳着车轮圈，弓着身子艰难前行。拉车时，需不断地往手心吐唾液，以增大手掌和车把的摩擦力。由于经年的使用，车把已被磨得很溜滑。

铁锨和平板车仿佛是天生的好搭档，很多农活由它俩配合着完成，比如拉土、整地、装卸积肥等。铁锨负责挖和装，平板车负责运送，它们成了不可或缺的主角。

平板车除了生产用，在日常生活中使用率也很高。那时由于自行车很少，人们去稍远的地方赶集买卖物品也大都指望它。每年秋收之后，哥哥都会拉着满满一平板车红芋去山东亲戚家对换大米，等到我学会骑自行车的时候，就会骑上车子去接力。随着自行车的普及，人们又想出一个办法，将自行车与平板车巧妙结合起来，把自行车的后座处与平板车的车把用绳子捆绑起来，保持好平衡就可以了。骑上自行车用力蹬车，平板车就会跟着快速前行，当然车子不能负重过多。

平板车还是农村壮劳力营生的运输工具。已经有了有经济头脑的人先行一步致富，甚至可以积攒成万元户，最常见的是"拉脚"者。年幼的我曾听母亲说，我的几个表哥都在淮北煤矿"拉脚"。我当时不解，明明是拉车子怎么叫"拉脚"呢？经母亲解释才懂得，就是依靠平板车出苦力，用平板车运输物资赚运费。

太平车也许是因为行进平稳而得名吧，有的地方又称之为"咕噜头车"，因为太平车的四个车轮运行起来会发出很响的"咕噜"声。

此车的历史可以追溯到宋代，《东京梦华录》对这种车做过详细描述："两轮前出长木作辕……以独牛在辕内项负横木，人在一边，以手牵牛鼻绳驾之。"此车也称"平头车""宅眷车"，后发展为太平车。

太平车长约 2 米，宽约 1.7 米，高约 1 米，重约 300 公斤。制造太平车的木材多选用槐树，其次是榆树。这些木材做出来的太平车才能经久耐用。太平车的制作工艺非常复杂，耗材较多。制造太平车不仅需要木匠，还需要铁匠帮助。太平车的四个车轮，每个直径约 80 厘米，车轮中厚外薄，用铁车瓦分段钉钉，保护车轮，防止磨损。因太平车载重量大，其车轴则用熟铁锻打而成，中间四方形，两头圆形。由内外 4 个大帮、两头两大拉撑、中间一个大托撑，加 4 个小托撑组成大车底盘框架，铺上约 2 寸厚木板，成为车底厢；内车帮 6 根立柱为长方形，内贴钉 2 寸厚木板，成车厢；太平车 4 个车杠伸出前后车厢外约 30 厘米，供放车抬杠用。人们用铁链把车抬杠系在车厢外出头木上，前面挂上牲口套，套上 3 头牛，就可以拉车了。

太平车是农人家庭状况与财富的象征，绝大多数人家是没有的。实行包产到户之前，每个生产队都有两三辆太平车，其特点就是载重量大，非常适宜在平原地区短途运输大批量的东西，如生产队运粪，总要跟着几个劳力，太平车把粪运到地头，几个劳力把粪卸下来，然后牛把空车拉回，再装再拉。由于太平车的作用很大，生产队对它很重视，车屋就是专门为它建造的，以防遭日晒与雨淋。

纺车也叫纺棉车，它已作为时代的象征留在了农人的记忆中。如今只能在民俗博物馆里看到纺车的身影。在儿时的老家，几乎家家户户都有一部纺棉车。在那悠长而贫穷的岁月里，在那静寂漫长的夜色中，孤灯孑影下，在有节奏有规律的“嗡嗡”纺车声中浸满了希望、温暖和天伦之乐。

纺车由一个大纺轮带动一支小锭杆。纺线时先用秫秸莛子把棉花搓成油条状，俗称棉布剂。从里面拈出一个头来，凑近纺车并把一头接在纺车下面的锭子上，右手缓缓转动连接车轴的把手，左手的棉布剂从飞转的锭杆上抽出线来，大约抽出半米长，随即倒转纺车把线绕在锭杆上，再纺，如此一圈圈转过，最终棉布剂变成了细线，如蚕丝般绕在锭子上，均匀细密。一旦锭杆上的棉穗渐渐变长变粗，直至中间鼓、两头细，呈椭圆形状时，便把它卸下来，放在针线笸里备用。

在 2000 多年前，这绳轮传动的工具就已出现在先人的生活中，汉代的纺车和明代《天工开物》上的纺车类似。纺车的历史如此之长，出乎意料，不能不叫人叹服。随着光阴的流转，春夏秋冬的更替，千百年来，家家纺车转，户户纺车声，已经成为过往乡村生活的象征。

这些生来就是为了与土地、草木结为亲友的农具，经历过苍茫岁月，经历过风雨洗礼，经历过朝代更替，随着时代的进步、机械化程度的提高，一些农用工具正逐步退出历史的舞台，逐渐被农人割断了它们与土地的血缘。那些消逝的物件，今生今世恐怕再也寻找不到它们的下落了，看似失去的只是农具，实则失去的是我的美好时光。现在，有些农具只能在一些民俗博物馆里看到它们的身影，蜷缩在光阴的角落里，独自享受寂寞与尘埃，享受着越来越多的异样目光。

老去不代表消亡，它会以另外一种形式存活在世间，延续在人们的心里……

自行车

儿时，老家人习惯称呼自行车为"洋车子"。车子之前冠以"洋"字，媚外之意不言自明，而且也确实是人家发明的。当然类似的词语还有很多，比如把火柴叫洋火、煤油叫洋油、布匹叫洋布、香烟叫洋烟等，好像一个"洋"字可以高度概括所有的舶来品。其实，等到这些产品都国产化了，人们依然延续着过往的称呼。

我家的那辆"永久牌"自行车比我先成为家庭成员，也就是说我还未出生，父亲就已经拥有了自行车。记忆里，父亲对待那辆自行车，犹如对待我们一样，总是小心翼翼地呵护着。每次父亲骑车回到家中，把自行车一扎，第一件事就是取出放在自行车座下的抹布，认认真真地将自行车擦拭一遍，那专心致志的样子哪里是在擦洗交通工具，分明是在完成一件神圣的作品。而后，上下左右打量着，感到满意后，他才轻轻地把自行车推到屋子里放好。他还经常把缝纫机油滴在车子的前后转轮、轴承和链条上，既可防止生锈又可以润滑，骑起来自然会轻松很多。正是这辆自行车多年如一日陪伴着父亲，奔波于泥泞的乡间小道上，风里来雨里去，帮他完成终生热爱的教育事业，让他享受着那份桃李满天下的喜悦与欣慰。

我家的自行车为一家人的生活可谓是立下汗马功劳。父亲骑着它南跑北奔，甚至从老家一直骑到我现在生活的这座城市——徐州。记忆里，父亲常常是满载而归，汗流浃背。自行车也经常超负荷运转，被压得东倒西歪，运载的大多是食品，一个大家庭日常消耗的东西实在是不少。

后来随着经济条件的好转和工作生活的需要，到20世纪70年代末期，父亲又相继买了"飞鸽牌"自行车和"凤凰牌"自行车。说实在的，在那个年代能买上自行车而且不止一辆真不是一件容易的事。父亲刚把崭新的自行车推到家中，左邻右舍好多人闻讯而来，好奇的眼神和话语里充满了惊讶、羡慕，甚至还有嫉妒。我家在村子里成了自行车大户，也成了乡邻们借用的重点对象。乐善好施的父母总是有借必给，我家的自行车也就难消停了。为了预防借车人不小心碰掉车子大杠上的漆，父亲就托朋友找来一些作废的电影胶片，仔细地缠在自行车的三个杠上，自行车立马变得更加漂亮、美观、大气，可谓是锦上添花，同时也给使用人增光添彩。

自行车当时可以称得上是恋爱的载体。它首先是相亲的必备工具，或者说是砝码，因为从某种程度上说，它是家庭经济条件的象征。我家的那辆自行车不知被左邻右舍的小伙子借用过多少次，为他们的婚恋也立下了汗马功劳。在最初的几次相亲时，还要带上巧嘴的媒婆，后来又成为承载女方的工具。开放一些的婚恋青年，女的坐在自行车的大杠上面，手扶着车把，提心吊胆、害羞和兴奋都混合在脸上，看似招摇又不太过分。更多的女的还是坐在后面，起初会轻轻环抱着小伙子的腰，两只脚轻轻地荡来荡去。小伙子能给的是一个看似可靠也许并非可靠的后背。随着情感的加深，环抱会越来越紧，女方呈小鸟依人状，将头紧紧靠在小伙子的后背上，那种自然的身体接触更适合演绎爱情。

到了结婚的时候，有条件的女方家里便将新买的自行车作为嫁妆，带到男方家里，这不但方便女方自己回娘家，而且能证明娘家的经济实力，这时小伙子才算真正拥有了自己的自行车。这辆自行车则会承载得更多，除了小两口，还有孩子们，通常是大杠上坐一个，后面怀里抱一个，一家人"骑"乐融融。

自行车给我的童年带来了无限的乐趣。很小的时候，父亲经常带着我去赶集，不但能大饱眼福，而且还能小饱口福。父亲还经常带着我去他任教的学校，沿途不但能欣赏到田园风光，而且能听到父亲的谆谆教诲。他给我讲的一些励志的故事、经典名著中的故事，让我在自行车上听了个够，使我受益终身。

上小学以后，自己便产生了单独驾驭自行车的念头。在征得父亲的同意后，我开始刻苦训练起来。起初我还真小瞧了骑车人，看到别人一抬腿就上去了，再一抬腿就下来了，很容易。可是等到自己亲自上阵了，便知道不是想象得那么容易，很难平衡，骑上去不是往里倒就是往外歪，总是不能顺利前行，自行车像烈马一样不听使唤。由于个头矮小，我只好骑在大杠上，两眼要目视前方，脚还要踩在踏板上，动作总是很难协调。经过多次的失败，我终于能够独立骑行了，但是像喝醉了酒似的东倒西歪、晃晃悠悠。

功夫不负有心人。在吃了不少苦头后，我终于练到"炉火纯青"，开始变着花样骑，搞一些惊险的动作，比如撒开双手，也叫"大撒把"。自行车注定不能飞翔，它属于地面，要想正常行走，必须要掌握住车把，那是方向的引领者，还要用力蹬，只有两者协调一致才能顺利前进。这样简单的动作却透着生活的哲理。在人生的旅途中，我们不能没有方向和目标，不能不卖力。

有时，我们会倒着骑，像张果老倒骑毛驴一样。我们生活的压力与日俱增，学学张果老，挪挪屁股，对生活又何尝不是一种改变或者放松呢。有时，我们会学杂技演员的动作，将面额最小的当然也是体积最小的一分硬币或纸币放在地面，既不停下自行车又不要下自行车，侧着身子弯腰就能将钱捡起来。还有动作幅度、难度更大的，即从正在行进的自行车上纵身跳下来，自行车继续前行，接着再如饿虎扑食般骑上去，确切说是跨上去。诸如此类的花样动作还有很多，现在想来有些后怕。

又过了几年，我的车技越来越娴熟，常常约上三五个伙伴，都是家里有自行车的，大家骑着飞奔、追逐，一边声嘶力竭地喊叫，一边拼命摇头晃脑地奋力蹬车……欢笑声洒落一地。

我尤记得初次骑行成功后，爷俩都露出了灿烂的微笑。这微笑里包含着深层次的含义。对我来说，在逐渐长大成人，能够替父母承担了；对父亲来说，在逐步衰老，也需要传承人。事情就是这样连绵不断地传承。如今我的儿子也学会了骑自行车，而且也可以带我了。在这之前，我也像父亲教我一样教他，用自行车带着他前行，只是坐的位置不同，因为现在的自行车已经没有了大杠，他坐在自行车后座上。儿子喜爱喋喋不休，有时见我不耐烦，也会默不作声，这时我就不知道他的心思。儿子一旦不吭声，我又感觉有些寂寞，便会主动挑起话题。儿子大多是紧紧抱住我，有时还调皮地将小手伸进我的后背抚摸，甚至将小手伸到胸前，触摸我那干瘪的乳头，最后引得我们父子俩大笑不止，正如《大头儿子和小头爸爸》的动漫中所说"一对好朋友、快乐父子俩"。我小时候，常常坐在父亲自行车前面的横梁上，我可以偎依在父亲的胸膛上，这是最温暖的父子情。父亲、我与儿子，在不同的时期扮演着不同的角色，虽年代不同，但亲情依旧。生命的传承和延续竟是如此巧合与完美。

如今，汽车已经成为我们这个拼命向前、不断提速时代的象征。当年曾经令人艳羡的"永久""飞鸽""凤凰""大金鹿"等，这几个人们耳熟能详的自行车，如今大多被淘汰了，逐渐淡出了人们的生活和视野。真是没有想到，中国这个世界著名的自行车王国在不知不觉间竟然把自行车淘汰了。说起来让人有些不敢相信，但这就是经济改变生活的最好诠释。

老圈椅

为新居购置家具时，看着市场上形形色色的椅子，我不禁想起老家的那把老圈椅。

老圈椅制作得并非十分精致，甚至有些粗糙，但由于年长日久已经被人为磨损光滑。有的位置，比如被脚经常踩踏的地方，已经有了明显的凹痕。椅背和扶手浑然一体，靠背的最上端呈大半圆形，也就是所说的圈。靠背是无屏的，自然也就没有达官贵族家里所摆设的椅子那样讲究，不像有雕花镂空工艺的椅子，能彰显使用者的身份和地位。连接圈与座板的只是一个约 10 厘米宽且带有弧度的小薄木板，使人靠上去不觉得僵硬，两边的扶手略有弯度，显得很人性化。

圈椅似乎没有刷漆，是自然颜色。奶奶说，不上漆也是有讲究的，因为椅子的木料是上好的黄花梨木，是她出嫁时的嫁妆之一。在当时能有这样的陪嫁品，恐怕只有大户人家才能做得到，当时她的娘家日子过得很殷实。

我注意到那把椅子的时候，它已经很老了，已失去了木料的本色，成了黑褐色。它浑身油光，稳重敦实，通体散发出柔和的光泽，仿佛在油缸里浸泡过一样，乌黑发亮，犹如非洲人的肌肤，健康丰腴。椅座的缝隙、椅腿上的木楔都被灰尘填平，扶手上的纹理清晰可见。椅子散发着复杂的混合气味，有说不清道不明的太多气息。奶奶说，我们兄弟几个儿时都在上面拉过屎尿过尿，都是在上面玩耍着长大的。有一次，我从椅子上跌落下来哇哇大哭，奶奶知道后，赶紧哄我劝我，并口口声声要打死椅子。当我要把椅子推倒时，奶奶却不同意，只是狠狠举起手，然后慢慢落下，轻轻拍了拍椅子。由此可见，奶奶是多么珍爱那把椅子。

对于它的"肤色"变化，父亲的介绍似乎有一定的道理。父亲说，它之所以变成现在这个颜色，主要是因为这把圈椅已经承载了四代人的时光和记忆，也许还要更多。它先被我父亲的爷爷奶奶的长布衫打磨了几年，接着又被我的爷爷抚摩了几年，还有我奶奶也是坐在那把椅子上慢慢老去的，再加上父亲和我们。奶奶的晚年似乎与圈椅密不可分，除了晚上睡觉，白天的大多数时间都是在圈椅上度过的。晚年的奶奶坐在圈椅上的镜头又在我的脑海里浮现：奶奶时常在圈椅里打盹儿，身穿蓝色的大襟衣裳，两只肥大的袖筒里露出两只纤细的胳膊，枯柴般的手还会紧紧握住圈椅的扶手，仿佛怕滑落下来或者摔倒。

儿时的我坐在那宽大的椅子上显得更加单薄，双脚离了地，背靠着椅背，手扶着扶手，眼睛微闭，试图模仿奶奶的神态；也体会着奶奶怀抱着我坐在椅子上晃来晃去的感受；也回想起奶奶坐在椅子上给我讲过的一些美丽的神话传说，也有一些妖魔鬼怪的故事，比如"红眼绿鼻子、四个毛蹄子"的怪物，奶奶常以此来吓唬我要听话；还有那些不知重复了多少遍的老掉牙的儿歌……

儿时的一个梦更让我刻骨铭心。梦里见到父亲的爷爷奶奶和我的爷爷，他们对我非常亲热，只是逗我玩了一会儿便急匆匆要离开，我还意犹未尽，恋恋不舍，要他们多陪我玩会儿，可是他们执意要走，说着便不见了踪影，我从梦中惊醒，哭着从椅子上下来，向父亲要他们，问他们去了哪里，为什么都不在了……感觉很伤感。我害怕了，因为我知道年迈的奶奶也是要离开这个尘世的，是要回归黄土的。父亲的神情有些木讷，怔了怔，没有说话，只是发出轻轻的叹息。见拗不过我，便转身找来一把小刀，弯腰在圈椅的扶手上刮下一层黑色的垢物。父亲说，这就是他们的化身，从这里能看到他们的影子。父亲说完还流露出不可名状的笑意。我被父亲的举动激怒了，用愤怒的目光打量着父亲，我根本不信父亲的话，气得走开了。

后来，母亲告诉我，父亲在我愤然走开后，眼睛湿润了……

想到这些，我对这个老物件的感情在心里突然盈满起来，不知不觉竟掉下了眼泪。

或许这就是乡愁吧。

油坊

前屯是一个自然村，位于我们村子的前面，两村相距约千米。前屯村是我儿时最向往的地方，那里有我远去的旧时光，那里有能够唤起儿时记忆的老油坊。油坊是用来榨油的，可以压榨很多种植物油，由于故乡盛产黄豆，所以最常见的就是榨黄豆油。

那时的油坊比较原始、简陋，往往建在村头显眼处，或者村庄的中心位置。房屋只有两三间，分为内间和外间。内间主要用来储存黄豆或成品油，外间则是榨油的操作间。一架榨油机，立在正中。一口大大的铁锅，蹲坐在某个墙角，一根烟囱连接着锅灶伸出屋外，将一串串黑烟送上碧蓝的天空。

每年的夏天，父亲都会带上我去榨油。带上我的主要目的是看着我，其次才是让我长长见识，至于说我能够帮上什么忙，基本是奢望。每次去榨油都要花大半天时间，因为去了往往要排队。遇到中午还没有结束时就会在那里简单吃个午饭。那时觉得他们的饭菜特别香，因为炒菜时用的油量较大。我曾目睹他们随手从刚榨出的油里舀出一勺子倒进锅里。

这也许就是人们常说的靠什么吃什么的体现吧。

追溯老油坊的历史，可以从《天工开物》中的记载看出："凡取油，榨法而外……其余则皆从榨出也。凡榨木巨者围必合抱，而中空之，其樟木为上，檀、杞次之。"这一方法已经有很长的历史了。大型的楔式榨油机的出现，为人类提供了充足的食用素油。木楔子榨油机榨出的油，不破坏营养成分，黄亮亮的，纯天然绿色无污染，不添加防腐剂仍可以长时间保存，吃着放心。

前屯那家老油坊的榨就是樟木做的，油棰是檀木做的，使用的是卧式楔子木榨油机。又过了几年，随着科技的发展，人工楔子木榨油机渐渐退出了历史的舞台。这种祖祖辈辈传承下来的民间技艺，随着时间的流逝，渐渐淡出了人们的视野，只能作为一种传统的文化符号留在历史长河的记忆里，取而代之的是一种更先进的卧槽式旋转手摇机械榨油机。

这款榨油机浑身是铁，整个机体呈长方形，约2米长，一端带有旋转的手柄，下边是接油的铁皮槽子。此款榨油机加大了对原料的压榨程度，提高了出油率，同时提升了工作效率。

黄豆被粉碎后先放进大铁锅中蒸煮，然后放进椭子中，也就是那种圆形的豆饼盘。椭子的底部和周围是一个圆形的麻绳圈，用来将黄豆兜住。师傅站在上面反复踩踏，确保整个圆饼结实饱满，最后包装成型的厚度约有10厘米。由于经年穿着那双鞋踩踏，鞋子看上去油光发亮，好似用油浸泡过的一样。至于是否卫生，倒是没有人介意。就这样要组装10余个圆椭才装入榨油机，圆饼紧挨着并排竖立摆放，两端是与圆椭的形状相近的钢板。

转动榨油机上面的螺旋把手，螺旋把手就会顺着螺纹向里挤压。能听到被挤压的吱吱声响，仿佛在低吟浅唱。那种旋转初始较轻，不需要用太大的力气，到了后来一定要用上很大的力量，所以初始大都是上了年纪的师傅去旋转螺旋把手，螺旋轴就会慢慢向里面靠近。我喜欢看榨油的过程，确切地说应该叫压油。豆饼椭子在力量的挤压下开始渗出油，刚开始还是淅淅沥沥、滴滴答答，随着压力的增大，金黄色的油开始变得多起来，像断了线的珠子，之后便从榨油机中汩汩地流出变成了细条状，流进下面的沟槽里，然后再顺着沟槽滴入油池中。油槽是不锈钢的，豆油从里面流过，在不锈钢光滑的面上留下一道淡黄色的印痕。油池中已聚集了很多豆油。油面上，一些淡黄色的泡沫漂浮着，数十米外就能闻到诱人的油香。榨油的人习惯拿一把油勺在油池中舀动，凝神看着黄黄的豆油从油勺中缓缓流下，复又注入油池中。一下，两下……那样做着，脸上充满了喜悦，容颜散溢着一种明亮的光彩。紫红的木头油勺在经年油浸之下散发着银光，像反复打磨的一些生活的影像。

年幼好动的我会主动请缨，学着大人去旋转螺旋把手，感觉费了九牛二虎之力，效果甚微，只好败下阵来，那龇牙咧嘴的滑稽表情、夸张的动作，令现场的人忍俊不禁。

由于是盛夏，油坊内没有降温设备加之还有蒸锅，故室内的温度较高，师傅们只是穿着短裤，肌肉裸露着，散发着生命的强悍和力量。大滴的汗水从脸颊上流淌下来。古铜色的脊梁上布满汗珠子，珠子多了就会流淌下来。他们脖子上搭条毛巾，不停地擦着汗水，尽管如此，依然工作得很开心，不时吹吹口哨，哼哼小曲。

整个挤压的过程要很长时间，越往后越费力，上了年纪的师傅挤压不动了，年轻的徒弟会接着挤压，直至螺旋把手转不动了才停止，此时下边的油还在不停地往下流，直至几乎不往下流了，又出现滴滴答答的情况，榨油过程才算完成。过上一会儿，再把螺旋把手按照反方向转动，一个个原本松软的圆饼此时已经变得很硬，称之为豆饼。豆饼上常常稀稀落落地黏着一些麻丝线，像是一些附着的记忆。年幼的我喜欢将麻丝线一缕一缕扯下来，直至整个豆饼都变得干净了才罢休。豆饼带回家就要在太阳下晾晒，否则就会发霉。等到完全干透的时候，它会变得异常坚硬，用刀切都很吃力。豆饼的营养价值依然很高，因为除了脱去油，其他的营养成分均保留在里面，人和牲畜都可以食用，也可以经过加工处理后作为田地的肥料。

老油坊陪伴我的童年时光虽然短暂，却是快乐的、幸福的，因此成了我生命中难忘的印记。每每想起，仿佛又闻到在记忆深处的油香味。

磨坊

　　村口有一间破旧的小土屋，面积约 20 平方米。墙全部是用泥土混合着麦秸秆堆砌而成的。混合麦秸秆的目的是增加墙的坚固度。房顶也是用麦秸秆覆盖着。土屋只有一个小窗口，白天房间里光线并不充足，黄昏时分，小屋里就要点起煤油灯。在昏黄的油灯下，一头身材瘦弱且被蒙上眼睛的毛驴在吃力地拉磨。磨棍和磨盘上的绳子连在一起套在小毛驴身上，它一步一点头，迈着不紧不慢、不大不小的步子。磨盘更是显得沉重，缓慢地旋转。磨盘发出吱吱呀呀的声音，像一曲朴厚沉重的歌，一遍又一遍地碾过碾盘那张巨无霸般的石头大脸。嗒嗒的驴蹄声像钟表唱响的节奏的旋律。磨盘上堆放着粮食，比如高粱、玉米、小麦、谷子、大豆等。这些颗粒状的东西都在这张大脸上或粉身碎骨，或脱皮去渣，变成人们能够消化下咽的食物。在这一过程中当然离不开人的相助，人围着磨盘不停地把流到边上的粮食扫进去，碾出来的粉末就会从磨盘的四周跌落下来，像雪花那样轻盈，像小瀑布一样飘洒……

　　磨盘其实是一个坚硬而贞洁的"胃"，它要先替人们将食物粉碎消化一遍，才送进人们的嘴巴里。而这个"胃"堪称廉洁，一直两袖清风，绝不做贪腐之事。虽然它碾过的米面无数，浑身上下都充满了粮食的气息，却从来没有人发现在碾子的后面私藏着粮食。如果换成人是磨盘，或者磨盘是人，这事就很难说了。

磨坊通常选择在遮天蔽日的树林里。特别是夏天，等着磨面的人在树下乘凉，甚是惬意。有的人为了打发时间便会席地而坐，找人对弈一番。树上的知了不知疲倦地叫着，仿佛是在助威呐喊。不知不觉间，半天时间一晃而过，人们看着磨好的面粉，面露欣喜之色，对于庄稼人来说，能够不饿肚子也许是最好的期盼。

石磨是由厚重的大石块錾凿而成，磨盘是圆的，如果空转就会发出轰隆的响声，那是磨盘与磨盘之间磨蹭的声音，似天与地的磨合，其声沉闷如雷。一个磨盘是天，一个磨盘是地，天罩着地，地撑着天，就有了农人饿不死的日子。

儿时喜欢看毛驴拉磨，跟城里的孩子喜欢宠物似的，觉得很好玩。毛驴长得很可爱，浑身乌黑的毛发在阳光的照射下熠熠生辉。两只尖尖的大耳朵有时竖起来有时耷拉着，嘴巴的周围全是白色的，与全身相比，显得泾渭分明。两只黑黑的大眼睛很有神。眼睛的周围还镶了一圈淡淡的细细的眼线，就像安装在拐角处的反光镜，人一旦靠近它，影像就会在它的瞳孔上显现。毛驴的眼里充满了灵气。被一块黑布蒙住大眼睛的毛驴，像被土匪绑了票的孩子，显得很无奈，一圈一圈地走着……

毛驴要拉很长时间的磨才能歇息，因为有的人家要磨的粮食较多，要一口气磨下来。有时要连续工作大半天才能"下班"。之后它被主人牵到磨坊外面吃上一些干草，补充着已经消耗的体力，或者喝上一桶水，就地打上几个滚，舒活一下筋骨。它四蹄朝天、翻来覆去的样子看上去很滑稽。

春节前的那段日子里，磨坊是最热闹的也是最繁忙的，家家户户都要磨小麦面粉，用来蒸年馍、包水饺。用石磨磨出的小麦面粉，老家人称之为"一磨成"，也就是今天市场上出售的全麦粉，蒸出来的馒头、包出来的水饺颜色显得较黑。尽管如此，它仍备受人们的青睐，毕竟比玉米、高粱、红芋等杂粮面要好吃得多。孩子们也喜欢围着磨坊玩耍，闻着从磨坊里飘出的麦香，听着大人们的欢声笑语，心里自然也是乐不可支，又大又松软的馒头和香喷喷的饺子仿佛在眼前浮现，让人垂涎。

磨坊也是小麻雀的乐园。它们常年在大树和磨坊之间来回翻飞，捡拾地上的粮屑吃，像村子里的人一样勤快与节俭，一粒粮食也不肯浪费。它们有时是三五只，有时成群结队，乘人不备像风似的落下来，一有动静又会像风一样迅速飘走，落在高高的树梢上，叽叽喳喳叫个不停，仿佛商议着如何再去偷食。对待这群活泼单纯、没心没肺的精灵们，人们自然是宽容的，根本不会想着去伤害它们。

磨坊作为时代的产物存在了很多年，也许从人们没剪辫子的朝代就存在。一座磨房里堆积着无数的时光和脚印——人的、驴子的，甚至是麻雀的。在农耕文化中，在电力尚未走进村庄的时代，石磨的转动就是一个村庄的转动。

随着工业化进程的加快，磨面机逐渐取代了石磨，柴油机取代了毛驴。柴油机和磨面机都固定在地上，它们之间用皮带传动。磨面机上面有一个漏斗，把粮食倒进去，机器转动起来，粮食开始缓缓进入齿轮里面，过一会儿，中间就会出现一个旋涡。那缓缓进入磨底的粮食，仿佛即将就义的勇士，手拉着手、肩并着肩义无反顾地走向刑场，深知会粉身碎骨也依然从容。

老家还没有通电之前，磨坊里照明用的灯泡也是利用柴油机发的电。灯泡忽明忽暗，主要是受柴油机的动力影响，因为磨面机上面的漏斗里粮食过多，造成拥堵，柴油机转动起来就很吃力。也就是从那时候"一磨成"的面粉升级了。小麦磨成面粉后分为麦麸和面粉两个部分。磨面机的一端有一个供面粉飞出的口子，口子用一个长长的布口袋包扎着。每当柴油机一响，口袋就会瞬间鼓起来，里面全是气体，调皮的孩子会趁机情不自禁地扑上去，跟玩热气球似的，小脸和身上自然会沾上一层面粉，往往会遭到大人们的嗔怪，心里却是乐滋滋的。玩伴们嬉笑打闹着追逐出磨坊，笑声时不时回响在磨坊的上空。

磨面机里面安装有滤网，而且滤网的孔有粗有细，孔粗的滤网留下的麦麸就少，反之，留下的麦麸就多，可以根据要求更换滤网。

老家通电后柴油机又被电动机取代，房子也得到改善，变成了宽敞明亮的砖瓦房屋，不但降低了加工成本，而且更加卫生了。以前稍有不慎面粉里就会有柴油味。电动机也有缺点，只要没有了电就无法工作，而那时恰恰经常停电，不像毛驴、柴油机那样方便，不受时间的限制。如果停电时间稍长一些，就会造成积压，出现排队等待的情况。负责控制磨面机的人很辛苦，无法保证正常的作息时间，啥时候来了电，啥时候开始工作，通宵达旦也是常有的事。夜深人静时，只有那磨面机的声音回荡在庄稼人的梦里……

随着岁月的流逝，社会的不断进步，磨坊时光早已经渐行渐远，老家人早已不使用石磨了，偶尔还能在乡村一隅看到被遗弃石磨的影子。石磨显得那么孤单，转动石磨的木杆已经被岁月剥蚀成朽木。看着那饱经风霜的石磨，我便会想起曾经艰苦的岁月，思绪万千，它曾经温暖过无数人的肠胃，曾经给无数人带来快乐和安慰，时至今日仍让人难以释怀。

油灯

老家还没有通电的时候，燃油的灯是农人夜晚照明的必需品。夜晚的村庄影影绰绰，伫立在如烟似雾的夜幕中。灯光如豆，发出昏黄的光，如夜色中飞舞的萤火虫。殊不知，这如豆的灯光曾伴随着人类走过几千年的岁月。

我最初记忆里的油灯是一个小小的黑碗，里面半碗棉油，一根用棉花揉成的捻子蛰伏在碗边。几乎家家户户都有一盏这样的油灯。尽管灯光昏黄如豆，但每当夜幕降临的时候，一盏盏油灯还是给清静的乡间夜晚带来温暖和天伦之乐。偶尔听到远处传来的几声犬吠，只有小伙伴们借着月光相约在村子里不知疲倦地疯玩。

乡村的生活如一幅幅相似而重复的画面。昨天是今天的参照，明天又是今天的重复。每一家的灯光都各啬地照着自家的墙壁，人们在油灯下编织着自己的生活，演绎着自己的故事，期盼着一个个希望。油灯昏暗而闪烁，四壁空寂，唯有祖母的纺棉车在"吱扭吱扭"作响，母亲的织布机在"咔嚓咔嚓"声中来回穿梭。在这有节奏的响声中，我很快进入了梦乡。

没几年，黑碗的油灯被煤油灯所替代，老家人称之为"洋油灯"。煤油灯用小的玻璃瓶做成：在瓶盖的中间钻个孔，插上一个铁皮小细管，把祭祀用的黄纸卷成一个灯芯，插在细管内，再向瓶内倒入从供销社买来的煤油，一盏简易的小油灯就做成了。小油灯燃烧一段时间后，灯芯就会变短，火苗就会变小。这时，就要用针将灯芯挑高，灯芯便会冒起黑烟，而后金黄色的火焰在屋内晃动，一片温暖光亮重新弥漫开来。

记忆里，每天晚饭后，祖母收拾完桌上的碗筷，就把那盏煤油灯点亮。橘红色的火焰颤颤巍巍，光亮忽闪不定。灯头总会冒出一缕细微的黑烟，随风摆动。它的光亮实在太微弱了，那光甚至不能铺满半间屋子，一阵风吹来，灯芯忽闪忽闪地跳跃。就是在那昏暗的灯光下，我们兄弟幼小的心灵被照亮，知识的窗户被推开，我们对未来满怀着憧憬。煤油灯留给我们的回忆是一生都值得珍藏的。

逝者如斯，日子过得真快。转眼间，我已是成年人，并确定了自己的人生坐标——参军。临别前的那天晚上，祖母坐在床边不时地用衣襟擦拭着眼角，怔怔地看着我，那目光充满万般柔情和期望。我知道，18年了，整整18年，祖母舍不得我离开她远去。这种情愫只有我和祖母在心底互相传递着。当年屋子里燃烧的小油灯发出的光亮，始终弥漫萦绕在祖孙俩的心间……

那年冬季，正在紧张训练的我收到老家的电报，只短短的一行字：祖母去世，速归。我头也不回地奔向营房后面的山顶，止不住的泪水簌簌地顺着脸颊滚落下来。

我匆匆赶回老家。父亲说，祖母去世前，用微弱的声音呼唤着我的乳名，并嘱咐父亲让我回家亲手点燃那盏伴她大半生的小油灯，放在她的灵柩前，一直燃烧到油尽灯灭……

祖母不就是盏油灯吗？不管走到哪里，都永远在我的心里亮着。

罩子灯因其上面有一个玻璃罩子而得名。罩子灯也是燃烧煤油，但发出的光比小煤油灯亮很多。罩子灯属于煤油灯的升级版。只是这个升级版变化很大，可以说罩子灯的发明是煤油灯的一次大革命。罩子灯是较为高档的煤油灯，其设计很人性化。在我看来，罩子灯就是一件艺术品，那别致的造型，流畅的曲线，充分彰显了设计者的匠心。底座凸显的圆轮仿佛一朵扣在桌上的水晶花。

罩子灯分为两部分，由底座和灯罩组成。底座含灯托、油壶、灯捻三部分。底座像倒扣的小碗，底座上面的细腰处手感非常好，再往上是盛油的地方，是一个高高的玻璃瓶，这是罩子灯最大肚最扩张的地方，却丝毫没有臃肿的感觉。

灯罩两头小中间大而鼓。灯头张开嘴巴，顶部和底部都是敞开的。灯头外围有几个卡灯罩的卡子，灯头里的灯捻是由棉线编织成的，灯捻的升降也实现了机械化。玻璃瓶外侧有个小旋钮，转动小旋钮，齿轮便会带动玻璃瓶内的灯捻升降。

点灯时大多用火柴。先取掉玻璃灯罩，扭动旋钮，让捻子往外伸长些，点着捻子，等捻子上的火苗旺时，再罩上灯罩。这时，再根据光亮的强弱需要调节捻子的高低。

罩子灯用时间长了，灯罩上面会附着许多黑烟，不仅给人感觉脏，而且影响光亮，这时就要对灯罩内部进行擦拭了。擦灯罩有窍门，先用手捂住灯罩小头，然后用嘴巴从大头一端向里吹气，雾气立时盈满灯罩。这时再用软一点儿的纸擦拭，就能把灯罩擦得明明亮亮，否则很难擦拭干净。

长期使用墨水瓶做的煤油灯，一旦换成罩子灯在面前点亮，那种感觉难以用语言来表述，因为不但眼睛亮了，而且心也亮了，周围的一切都亮了。正是罩子灯，点亮了我对未来生活的憧憬，驱散了我心中的孤独。我在灯下柔柔的光亮中，领略秦汉金戈铁马的刀光剑影，品味唐诗宋词的隽永醇厚，窗外的繁星弯月伴随着，在一页页的格子中期盼着一个个新的希望。因此我要感谢罩子灯的陪伴。

学校还没有通电的时候，上晚自习就要使用汽灯。汽灯的燃烧也是需要煤油。汽灯的底座是个半圆形铁壶，里面装着煤油，铁壶旁边有个小打气筒。中间的灯罩是用玻璃做成的，里面有个石棉网绑在圆形的喷嘴上。使用汽灯时，用灯座上的打气筒打进气体，使煤油从铁桶上的小孔中压出，喷射成雾状，化为蒸汽，再跟空气均匀混合后燃烧，使灯罩发出炽热的光亮。

汽灯没有灯芯，它的灯头就是套在灯嘴上的一个蓖麻纤维或石棉做的纱罩，由于纱罩经过硝酸钍溶液浸泡制成，所以当纱罩遇到高温后会发出耀眼的白光。一盏汽灯可以把周围几十米的范围照得通明。当大家静下心来学习时，汽灯发出的"呲呲"声特别响。汽灯的上部还有个像草帽一样的遮光罩，这样就能把亮光聚拢在数十平方米的教室里。汽灯最上面有个把手，可以高高地吊起来。

等到汽灯变红冒火时，说明气不足了。此时教室里开始躁动起来，负责管理汽灯的班干部就会快步跳上课桌，摘下汽灯，打一阵气，室内又明亮起来。

说来也很奇怪，汽灯泡在没有使用前，摸起来非常柔软且富有弹性，一旦使用过，就变得非常脆弱，不要说用不堪一击来形容，完全可以说是不堪一摸。只要轻轻触动，就会出现一个小洞，动作稍微大些就有可能全部破碎，那就要重新安装。正是由于它这样的娇贵，给不爱学习的同学创造了机会。每当课间休息要给汽灯打气时，就有同学捣乱，或故意围观用肢体碰触打气的同学，稍一不慎就把灯泡晃掉了，或到室外逮几只飞虫放进来，等到汽灯挂上后悄悄放飞。飞虫最喜欢有亮光的地方，自然会扑上去，结果可想而知。这样一个晚自习下来，有时要更换一两只灯泡。其间，爱学习的同学就会点燃早已准备好的蜡烛，不爱学习的同学趁此机会说说笑笑、打打闹闹，玩得不亦乐乎，期盼着放学的铃声早些响起。

村子里有大型集会时，汽灯也会派上用场。比如唱大戏时，舞台上挂着汽灯，明亮无比，那刺眼的光芒令人不敢直视。那时演出的剧本并不多，也就是《铡美案》之类的戏剧，多是本地演员用本地唱腔演唱。台下黑压压的人群，在明亮的汽灯下一直忠实地坚持到演出结束。

如今，这几款燃油的灯已被岁月尘封了颜色，但在我心里依然浓墨重彩。

代销店

代销店是大集体时代的产物。

当时，每个村庄根据人口的多少分成若干个生产队，生产队则由若干名社员组成。大队是由若干个生产队组成。公社是由若干个大队组成。公社有个供销社，这样的供销社功能强大，经营的项目、品种相对多些，基本可以满足社员的日常生活所需。为了便于社员购买日用品，每个大队都开设了规模相对较小的分供销社，俗称代销店。代销店何时开始存在，不得而知，反正从我有记忆开始它就存在了。

那年，新的大队部成立，在我生活的村子西边，位于两个村子之间。大队部办公的隔壁就是代销店。营业那天，喜欢看新鲜的和买东西的乡亲们纷纷奔赴大队部，将代销店那两间房挤得水泄不通。糖果、肥皂的香味以及酒味、酱油醋味、煤油味，等等，各种气味在那个有限的空间里四处弥漫着。在计划经济年代，不少商品短缺，越是买不到的东西，乡亲们越是梦寐以求。乡亲们来代销店一饱眼福，闻点儿气味，反正闻闻不要钱，不闻白不闻，尽管闻了也白闻，但心里带着一种满足感离开，

159

也会感到很安然，很惬意……

偌大的代销店，陈列着琳琅满目的商品，只有一人负责，可谓是身兼数职，既充当店长、营业员，又兼顾收银员、采购员、会计，属于"公家人"。店长因幼年患疾病，落得部分头皮不生长头发，类似于斑秃，人们根据其相貌特征，私下称之为"疤癞头"。他身材干瘦，尖嘴猴腮，镶着大金牙，穿着供销社的蓝布工作服，舀煤油、打酱油、称糖果饼干、递香烟、拿牙膏……手脚麻利，手疾眼快，算盘打得溜溜转，要收多少钱，一口一个准。特别是称糖果瓜子，他一手提着秤杆，一手拨拉秤砣，秤杆翘高了，他用手拂去一些；秤杆低了，他用手添进去一撮，那样子，精明干练，显然是经过培训的，对业务非常娴熟。刚开张的那些日子里，他忙得不可开交，真有些应接不暇，甚至来不及回家吃饭。又过了一段时间，购买东西的人慢慢少了下来，但仍然不时有人进进出出，总是让他不得消停，难得半日闲。

后来，随着改革开放的春风吹拂到千家万户，计划经济逐步在向市场经济转变，个别有经营意识的社员也开始在自己家里经营起来。很快代销店如雨后春笋般多起来，每个自然村都会有一两家，甚至更多。人们再也不需要跑很远的路去购买日常用品了。小小代销店在给周边百姓带来诸多便利的同时，也见证了时代的变革，更见证了人们对物质的追求和对生活的梦想。

土灶

　　土灶是老家人做饭的炊具，炊具的主角是大铁锅。老家的锅是按尺寸卖的，这个尺寸是指锅的直径。锅的规格是根据灶的尺寸而定的。

　　走进厨房，首先映入眼帘的就是大灶台了，其次才是直冲着屋顶的烟囱。锅和灶在一起，更多的是家的标志。

　　家乡的土灶通常是正方形的，中间是个大肚子，用来添烧柴火，最下边的中间是个通道，用于存放草木灰。土灶外表虽不精致，但结实耐用，一般可以用一二十年。

　　土灶大都用红色或青色砖砌成。条件好的人家还在灶台的表面镶贴上白瓷砖，给人洁净之感。更多的人家，还是用水泥浆抹匀，虽平滑光亮，但少了洁净之感。

　　土灶要用柴火烧。在没有煤球、没有电的时候，烧熟三顿饭全凭柴火。灶边大都堆放晒干的秫秸、麦秸、棉柴、枯枝等干燥易燃的柴火。

　　到了该做饭的时候，人们先将锅底的灰烬清理出来，再抓把较软一些的柴火添进灶膛，点燃火柴，呱嗒呱嗒地轻轻拉起风箱。先是浓烟冒出，继而吐出火苗，农人一天的希望也随着灶火燃烧起来。

铁锅适宜炖菜更适宜爆炒蔬菜，急火热锅热油，随着油锅"呲啦"声响起，倒进的菜蔬迅速变软，锅铲快速翻炒，使之受热均匀，菜一变色即可出锅。看似简单，却深含烹饪之法，火旺锅大，温度得以保证，菜色得以保证。

用土灶烧菜煮饭，最好是两人配合操作。

在老家，大多家庭都是女主人掌勺，男主人烧火。这时的土灶就成了爱情的象征。男女心灵相通，配合自然默契，做饭也就成了一种乐趣。男人会看着女人手上活计的快慢来掌握火候，如洗菜、切菜、淋油、放调料、出锅等，样样都要同步。若女人准备得不充分，男人就会压低火焰，给女人充裕的时间准备，甚至还要帮帮手。

俩人一个台上一个台下，边做饭边聊天，东家长西家短，春种秋收，计划打算，儿女情长，陈年旧事……不知不觉中一顿饭就做好了。共同劳作，互补互助，哪怕是极其平常的粗茶淡饭，一家人也会吃得津津有味。从某种意义上说，做饭的过程也是情感积淀的过程吧。

在父母缺一的时候，烧火的任务大多会让孩子完成。我也很喜欢学着大人的样子，坐在灶前一边往锅底添柴火，一边拉风箱。灶膛里，柴火噼噼啪啪燃烧着，绽放出灿烂的火花，舔着锅底，映红了我的脸。

烧火看似简单，实则讲究技巧。

首先是往灶膛里添柴火。煮什么饭，炒什么菜，要添多少柴，保持多大的火候都需要经验。柴火添得太少，烧着烧着就灭了，添得太多又会浪费，火势也不会旺。因为太多不易充分燃烧，就会产生浓烟，往往会将眼睛熏得流出泪来，还会呛得人咳嗽。我常常在烧柴时手忙脚乱，脸上也不知啥时抹了锅灰，成了小花脸。

其次是要把握好火候。掌握不好火候就有可能会烧糊锅底，或者出现欠火候、烧不熟的情况，有时还会出现偏火，导致一边夹生一边糊的情况。

风箱与土灶似乎是天生的一对。风箱是农家必不可少的烧火工具，人们做饭、炒菜都要使用风箱。有炊烟的地方大多能看到风箱的身影，正是由于风箱的默默陪伴，才有了炊烟的袅袅升起。大多数的风箱长约90厘米，宽约30厘米，高约50厘米，用一些砖头垫起来，几乎和灶台一样高。从外观上看，风箱就像长方形的木箱子。

风箱前脸有把手，把手固定在风箱杆上，内勾连着活塞，老家人称之为"毛头"。我想取其名主要是木板四周镶嵌有鸡毛的缘故吧。风力的大小，主要在于风箱里的毛头，鸡毛越密越多，风就越大。鸡毛磨损得严重时，风力就会变弱，也就不兜风了，这时就要请师傅重新修补。风箱上面的板是可以活动的，修理风箱和换夹板时把上面的板抽出即可。

风箱前后两端各有进气活门，活门的"门儿"是一块小木板，挂在"窗口"上，里面的毛头来回拉动，生成气流，前后活门也跟着一俯一仰，一开一关，像人一样，一呼一吸，富有节奏感。产生的气流通过风道吹向灶膛，火苗瞬间汹涌起伏，舔着锅底，映得烧火人的脸通红。风箱虽然工艺简陋，其貌不扬，却是人类的一大发明创造。风箱的发明可以上溯到宋代，北宋年间的《武经总要》曾记载了这项发明。虽然那时的风箱和现在的不一样，但也充分说明历史的传承是在社会的进步中逐渐发展完善的。

儿时的我常常坐在灶前拉风箱，抓着把手，来回拉动木杆。木杆从风箱里进去又出来，反反复复，风便源源不断地吹到灶膛里。为防止我拉风箱的时间过长、磨疼了手，母亲还在风箱把手上缠了一层厚厚的布，这样，拉风箱就不会磨手了。每隔一段时间，母亲还会在那两根木杆上抹一点儿蜡。母亲说，这样能让我在拉风箱时省点儿力气，还说拉风箱要用巧劲儿，长拉短放、快拉慢推，才能使火苗燃烧得均匀，不会浪费柴火。母亲还告诉我，在炒菜或煮饭时，拉风箱的速度也不一样：炒菜需要急火，风箱就要拉得快一些；煮饭时需要用小火慢熬，拉风箱的速度就要先快后慢。也许是熟能生巧的缘故，经过多次历练，我基本掌握了拉风箱的技巧。

有些柴火是木材，往往饭做好了还没有燃烧完，就要将正在燃烧的木材抽出来，插进灶下的草木灰里灭掉。这就是人们常说的"釜底抽薪"吧。

秋冬季节，母亲往往在灶膛下的灰烬里埋上一两只红芋，一是不浪费余火，二是可以用来充饥。每当放学后，我似乎有些急不可耐，冲进厨房看看是否还有"战利品"。一旦扒出红芋便捧在手里，冰冷的小手很快便暖和了。红芋剥去皮，黄黄的瓤儿冒着热气，香气扑鼻。

寒冬时节，老人、小孩和猫喜欢偎依在灶门口，通红的火焰在他们或清或浊的眸子里快乐地跳跃。这团火在老人眼中，也许是所剩不多的人生里小小的安慰和喜好，守住它，就能在谦卑的安逸中度过一季漫漫长冬。在孩子的心里，这团光亮带着暖意，燃烧着童年的岁月，点亮着以后的人生路。

风箱映照出我童年乡村生活的温暖表情。在那个饥肠辘辘的年代，对于年幼的我来说，食物散发出的诱惑，令我无法抗拒。如今，近40年过去了，土灶已慢慢地从农村消失了，炊烟越发单薄瘦削，但儿时母亲在灶台上炒菜做饭、我坐在灶台前拉风箱的场景依然历历在目。拉风箱时发出的"呱嗒呱嗒"的声音，仿佛一首耳熟能详的老歌，时常在耳畔萦绕，令我难以释怀。

如今，老家人大都用上了电磁炉、液化气灶，土灶几乎成了摆设，村庄的内涵一天天变得空乏。我曾经笃信，乡村有些东西是可以走的，唯独炊烟不能走，也不会走，它会留下来继续陪伴着农人，直至地老天荒。道理非常简单，因为人活着，总得吃饭吧。其实我错了，随着使用现代化炊具的人越来越多，炊烟变得越来越少了。而且，生活常识告诉我，煤气灶只有火苗，没有炊烟，抽油烟机亢奋地呼啸着，排出的只是浓重呛人的油烟，至于说无烟煤、焦炭、蜂窝煤等也都生不出真正的炊烟，况且用电、气灶做出的饭菜感觉没有土灶做出的可口。土灶与电、气灶不一样，停了明火还有暗火，暖暖地聚在灶膛内，给锅底奉献余热，烧出的饭菜有一种余温，这是电、气灶无法比拟的。电、气灶说关就关了，一点儿余温都没有，仿佛今天的金钱交易，没有温情。亲情、爱情、友情同这不一样，因为彼此有真爱，即使分别，也会在暗中给予温暖。

这种爱怎能不让人感动！

柴火垛

如果说炊烟是村庄里朴素的风景，那么村庄的柴火垛就是构成风景的元素。

柴火，分硬柴和软柴。硬柴主要是树木的枝杈、劈柴、葵花秆、棉花秆、高粱秆、玉米秆、芝麻秆等，其特点是耐烧。软柴，大多为茎叶类，像麦秸、谷草、树叶等，其特点是易燃。柴火五花八门，柴火垛也形形色色，如同一座座小山驻扎在农人家的房前屋后，成为乡下一道独特的风景。

位于苏北平原的老家，小麦是重要的农作物，故村庄最常见的柴火垛要数麦秸垛了。柴火垛也是一个家庭实力的象征。姑娘相亲，都要看男方家的柴火垛，因为柴火垛的大小与粮食的多少成正比。粮食藏在屋里，容易看走眼，柴火垛不遮不掩地摆在那儿，一瞅一个准。

麦收结束以后，村庄的周围便堆满了大小不等的麦秸垛。为防麦秸受潮霉烂，会选择地势高一点儿的地方，先找一些棍棒或砖块之类的东西铺垫在规划的垛子下边，然后，一层挨一层、一茬压一茬地往上铺麦秸。当垛子渐渐变高，高得在下面不能操控时，就要有人翻上去，在上面接应着下面的人托起的柴火，精准地码放好。很快，柴火垛就像一件艺术品伫立在那里。为了防雨顶部多为圆锥形状。麦秸对农人来说十分宝贵，既可以当柴火烧，又可以当牲口的草料。由于麦秸存放的时间长，所以麦秸垛也就成了一些小生灵的安乐窝，比如老鼠可以钻在麦秸垛底下取暖越冬，有时饥饿的小鸟也会飞到麦秸垛上觅食，叽叽喳喳地在麦秸垛上寻找秕麦充饥。偶尔也会看到黄鼠狼在柴火垛里钻来钻去。

柴火垛也是鸡鸭鹅狗们的安乐窝。它们互不相让，一窝蜂地拥进去，或栖息，或嬉戏，或啄食，一时间鸡飞狗跳，好不热闹。其中最活跃的莫过于鸡了，一张犀利的嘴啄来啄去，不厌其烦地从庄稼秸秆的缝隙中挑拣一些遗落的粮食。有时它们还能从腐朽的柴火底下掘出蚯蚓、潮虫、蜈蚣、蝼蛄等，美餐一顿。

柴火垛也能给农人带来温暖和欢乐。冬日暖阳下，三五个人扎堆在柴火垛向阳的一面，或站或蹲或坐，惬意地沐浴着阳光，聊着家长里短。柴火垛因柔软、扛折腾，更成了孩子们的乐园。或爬到顶端往下跳，或站在上面手舞足蹈、大喊大叫，或从底部掏个洞躲进去捉迷藏，或猫着腰在柴火垛下周旋躲藏……一个游戏接着一个游戏，你追我赶、吵吵闹闹，直疯得满头大汗、气喘吁吁、两腿打战，玩耍打闹得累了，才肯坐下来靠着麦秸垛歇息片刻。大家躺倒在柴火垛上，地当床，天当被，嘴里衔着一根麦秸秆，仰望蓝天白云，听鸟鸣虫唱，微风轻拂，庄稼秸秆的气息一阵阵扑面而来，不禁让人陶醉得有些昏昏然了。直到耳边响起家长喊着乳名让回家吃饭的声音，才依依不舍地离开麦秸垛。

秋收过后，农人把大豆秆、芝麻秆、高粱秆、玉米秆等从地里拉回家，把它们分门别类一点儿一点儿地垛起来，村庄里又增加了许许多多的柴火垛。从柴火垛的大小上可以看出其主人家的收成，甚至可以看出人丁状况。村庄的柴火垛来源于广袤的田野，来源于春种秋收的喜悦，永远属于勤劳淳朴的农人。

柴火比较矫情，不但怕火，也怕雨。天一阴，主人会赶紧往屋里抱一些干柴备着，否则夜里睡觉都不踏实。如果赶上连雨天，柴火准备少了，做饭就会成问题，被雨淋湿的柴火不仅很难燃着，还会把整个屋子弄得乌烟瘴气，呛得人不住地咳嗽，期盼着老天早点儿放晴。

那些曾经的柴火垛见证了岁月的沧桑，见证了村庄的饥馑与饱暖。如今，随着燃气和各种家电产品的普及，农人们基本告别了用柴火做饭的日子，村庄里的柴火垛越来越少了，房前屋后皆是柴火垛的风景也一去不返了。柴火垛已成岁月过往的云烟，渐渐淡出了农人的视野，即将成为永恒的记忆。

三种鞋

我从小到大穿过无数双鞋子，但印象深刻的还是那三种幼年和青少年时期穿过的鞋子。

第一种是虎头鞋。它是一种利用中国传统民间手工艺制作的童鞋，因鞋头绣有虎头形象，故称为"虎头鞋"。其造型美观大方，虎头纹样夸张又不失本真，不仅是一种具有很高观赏价值的手工艺品，更具有实用价值，还是寄托着人们种种美好祝愿的吉祥物。

虎头鞋历史悠久，具体的起源年份已无从可考。在老家，虎头鞋一般由姥姥、奶奶精心制作后，送给年幼的孙子辈。通过这双鞋子来表达对孙辈的疼爱和美好祝福，同时更期望虎头鞋能为孩子驱邪纳福，保佑孩子平平安安，像小老虎一样茁壮成长。老虎是百兽之王，体态雄壮，相貌威武，富有震慑力，给人一种大气、霸气之感，因此人们用虎头纹样表达祝福和期望。虎头鞋成为集艺术价值与实用价值于一体的生活用品。

虎头鞋做工复杂，手艺纯熟的老人做一双鞋子也需要七八天时间。

做虎头鞋，首先要打袼褙。袼褙是将碎布头用糨糊一层一层贴在衬纸上，再放到阳光下晒干。打好的袼褙表面平整，质地较硬。虎头鞋有专门的鞋面样和鞋底样。依袼褙外侧所贴的鞋样剪下大小相同的袼褙，就可以开始做鞋面和鞋底了。为使鞋子看起来喜庆，鞋面料多选用深绿、大红等颜色鲜艳的绒布、棉布、绸缎等。

缝制虎头鞋，需要用到拨花、打籽等多种刺绣针法。老人们的针线筐里不仅有红、黄、蓝、黑等颜色丝线，还有小珠子、小扣子等小零件。奶奶说，虽然虎头鞋有固定的样子，但是稍微花点儿心思就可以做出更丰富的花样。比如用不同颜色的丝线搭配，用珠子或扣子做老虎的眼睛、鼻子，这样的鞋子往往更加形象，也更受人喜爱。传统虎头的嘴、眉毛、鼻子、眼睛基本为手工绣制，采用大量的粗线条表现老虎的威风凛凛。这样的绣法虽然十分夸张，但是绣出的老虎活灵活现、生动传神。绣好底花，再用绒线编成小绒球缀在上面，这样装饰出的虎头威猛而不失活泼可爱。

虎头鞋底较为宽大，目的是防止孩子们在穿着虎头鞋走路时摔倒，使行动更加方便灵活。纳鞋底也是个技术活，要把四五层用袼褙剪成的鞋底用麻绳缝在一起，外层还要沿边包上白布条，这才算做成千层底。千层底内层柔软舒适，非常适宜幼儿穿着。

绣好的鞋面与鞋底再用白棉绳缝制在一起，一双虎头鞋就基本成型了，然后用布条做成两个大鞋提缝在后鞋帮上，这样一来可以帮助孩子穿鞋，二来也可以看作是老虎的尾巴。为了跟脚，还要在后跟处缝上一根细绳，穿上鞋子后，将细绳拴在脚脖上，既实用又美观。

第二种鞋子是茅窝鞋。它是一种粗糙的鞋子，又胖又大，外表毛茸茸的，用芦苇毛编织而成，样子看上去很卡通。老家人冬季最爱穿它，主要是保暖和耐穿。在那贫穷的年代，其貌不扬的茅窝鞋成为农人脚的伴侣，风雪交加的冬天，它带给人们无比的温暖与惬意。

进入冬季，茅窝鞋便有了用武之地，登上了冬天的舞台。"呱嗒、呱嗒"的声音在村子里响起，此起彼伏，不绝于耳。那是木头鞋底与地面撞击发出的声响，有时舒缓，有时急切，这完全取决于穿者的行走速度与步幅大小。

茅窝鞋除了防寒还可以踩冰踏雪，尤其是活泼好动的孩子们，穿上一双茅窝鞋，仿佛哪吒穿上了风火轮，在冰雪里穿行，毫无顾忌，看到茅窝鞋周围沾满泥巴，脱下来在其他物体上磕几下，又大呼小叫地要开了。

编制茅窝鞋有一定的技术含量，并非人人都能。编茅窝鞋用的原材料通常有三种：木头底、细麻绳、芦苇花，这些都可就地取材。晚秋季节，纵横交错的河沟里，芦苇密密麻麻，高高矮矮，白芦花毛茸茸的像一团团棉絮在舞动。人们在芦花抽穗似开未开之时，把它折下来放在阴凉处。冬天一到，人们搓好细麻绳，就开始编茅窝鞋了。

编茅窝鞋最复杂的工序是制作鞋底。做茅窝鞋底大多是用柳木，因为柳木软硬、轻重适中。茅窝鞋底的设计有许多讲究，既不能像布鞋一样做成平底，也不能像高跟鞋一样前后不平衡；既要防滑，又要尽可能轻巧，所以多由村里的木匠完成。通常老人、孩童的茅窝鞋底稍薄一些，为了安全轻便。中青年人的茅窝鞋底则要厚一些，走起路来更有质感。后跟多为四方形，前为马蹄形，中间的凹槽宽深适中。茅窝鞋底的周围是无数个小孔，以便穿进去细麻绳。人们往往会在茅窝鞋的上口处，用布条缝上一圈，主要是防止穿的时候磨损袜子。

进入冬季，茅窝鞋开始出现在集市上，小孩的、大人的，高的、矮的，肥的、瘦的，一排排摆在那里出售，吸引着众多的围观者。对于农人来说，有这样一双温暖的鞋子过冬也是莫大的慰藉。

第三种鞋子是布鞋。我对布鞋有着清晰而温暖的记忆，童年时代是它伴随着我一路走过来的。春秋两季多是单布鞋，到冬季就换成棉布鞋或茅窝鞋了。

每到过年，母亲总会在煤油灯下赶做布鞋，那情形印象深刻。母亲一搁下晚饭碗筷就动手了，到我睡过一觉醒来小解，还在忙活。穿针引线发出的轻微响声，仿佛是一首催眠曲，颇为动听。第二天，新的布鞋做成了，一灯的煤油也熬干了，母亲的眼圈也熬红了。

母亲做鞋子用的东西有很多。纳鞋底时，顶针、锥子、细麻绳等，一个都不能少；做鞋帮时，单有针线就够了。千层鞋底纳好，鞋帮纳好，最后一道工序就是绱鞋了。

老家的布鞋大抵有两种：一种名曰方口布鞋，另一种名曰狗舌头布鞋。方口布鞋与狗舌头布鞋的区别，主要在鞋帮上。方口布鞋鞋帮口呈规则的方口状，这种鞋子做起来省事也省料，穿鞋脱鞋也方便。

狗舌头布鞋，顾名思义，是指鞋帮呈圆弧状，像伸出来的狗舌头。新的狗舌头布鞋穿上脚，那"狗舌头"几乎会盖住整个脚面。深秋初冬，孩子们脚上多是这样的布鞋。由于"狗舌头"伸得长，新鞋子刚上脚，总是不甚舒服。新穿着的那几天，总感觉脚面有被勒紧的感觉。我穿过的多是黑色灯芯绒面料的狗舌头布鞋。

从小到大，我究竟穿过多少双布鞋，实在说不清楚。只记得我要参军到部队时，母亲又为我做了一双狗舌头灯芯绒布鞋。尽管一再劝说母亲部队里会发鞋子，母亲还是坚持要为我做一双带到部队。这次做布鞋的鞋底已经不是千层底，而是母亲从集市上买来的塑料鞋底，咖啡色的，穿上去感觉明显不如千层底舒服跟脚，而且脚下还容易打滑。尽管如此，我还是带到了部队，因为不能辜负了母亲的心意。我在双休日里，有时会穿上那双布鞋，对此，有的战友好奇，有的甚至还会取笑。来自天南海北的他们对这样的布鞋大概是不多见的，但那双鞋一直跟随我到了军校。

有一天，我把鞋子拿出来放在宿舍前的空地上晾晒，准备星期天休息的时候穿，谁知等我下课返回时看到一只小狗正在叼着我的鞋子玩耍，我立即赶上去制止，那小狗被我追得夹着尾巴嗷嗷叫着逃跑了。等我将鞋子拿到手一看，顿时傻了眼，鞋口处被小狗撕咬了好几个缺口，我当时一气之下把鞋子扔到了垃圾桶里。从此与布鞋无缘。

第四辑　池塘

　　村口这个曾经为城市提供粮食的必经之地，现在则成为向城市提供鲜活生命的出口。纷纷外出务工的中青年人是乡村最为宝贵的血液。这些血液从村口源源不断地流向城市庞大的躯体。因此，城市繁荣了，乡村衰落了……

池塘

　　村子里有两个池塘，南边和北边各有一个，长度宽度基本相当，老家人习惯称之为大坑。

　　夏天，那里是孩子们的乐园。池塘长一百四五十米，宽二三十米。南池塘的东边是条南北走向的大路，向南直通前屯村，向北直通迷路村，继续向北可以延伸到更远的村子。池塘四周有树木与房舍，距池塘较近的人家是亚洲家、东升家、小喜家、二蛋家、三立家、亚民家、金华家以及成军家，他们几乎将整个池塘包围。我家在亚洲家屋后面，距离池塘也不过50米。

　　池塘边最热闹的光景，还是村里的女人们聚集在那里洗衣服的时候。为了省去到井里一桶桶打水和挑水的麻烦，一年四季大多时日，她们都喜欢到池塘边洗衣物。尤其在天气爽朗的日子，女人们会把积攒了一段时间的衣物或拆下来的床单被罩一股脑儿地抱出来，拎着盆、拿着棒槌或搓衣板，到池塘边去洗涮。欢声笑语在池塘上空回荡。

　　阳春三月，池边生出了春草，池中的水面逐渐长出一些植物，如金鱼藻、水葫芦、水花生，但最多的还是浮萍。浮萍似乎有更大的野心，短短的几十天甚至十几天，绿色的浮萍就会盖满整个池塘，水面仿佛铺上了锦缎被面，当鸭、鹅下水后，便会出现浮萍一道开的情景。浮萍并非一无是处，老家人将它打捞上来喂猪。成群的鹅、鸭悠闲地凫水，偶尔几声鸣叫给静谧的小村增添了几分生机。碧绿的池塘犹如一幅意境深远的古画装点着村子。

青蛙也开始产卵，一块一块的，不久就变成一团一团墨黑的蝌蚪。儿子一年级的课文里有一篇短文，题目叫《小蝌蚪找妈妈》，将小蝌蚪的成长过程以拟人化的手法演绎得生动形象。

盛夏梅雨时节，连绵的大雨，常常使池塘外溢。老家人常用"坑满壕平"来形容雨大。有一年，雨水仿佛最大，已记不得具体是哪年了，老年人说那次是几十年一遇。整个村庄几乎都被泡在水中，一片汪洋，分不清哪儿是池塘哪儿是路面，大雨也将荷叶淹没，莲藕也因荷叶的过早凋零而大幅减产。

夏天的池塘被荷叶铺满，村子里弥漫着荷花香，蝉声阵阵，一切都懒洋洋的。那时候，池塘的水很清澈，看得见游动的鱼儿。不仅孩子们喜欢到那里洗澡和嬉戏，就连许多青壮年男子也经常到那里游泳，尤其是顶着烈日在地里干了很长时间的活后，浑身都是臭汗，跳到池塘里，洗掉一身的疲劳，洗去一身尘垢，凉爽又轻松。

等到小荷才露尖尖角的时候，早有蜻蜓立上头。那尖尖的小荷不断接受日光月华的正能量，在风雨雷电面前不卑不亢，在赞美歌颂面前不骄不躁，茁壮地生成叶、长成花。如盘的绿叶，始终释放出生机、漾出精神、射出活力。满塘的荷叶一望青碧，绿荷簇拥于水面之上，如碧绿的雨伞，袅袅娜娜，水珠在上面晶莹透亮，风一吹，水珠在荷叶上滚来滚去，就是不肯散开，显示出极强的凝聚力。

再说那荷花，生在花托内的层层花瓣，有红色的、粉红色的、白色的、紫色的，或有彩纹、镶边，还有花冠、花蕊居于中央。在花瓣、花心的外轮另有一层萼片状的花被，绿皮与红花白荷相依相存着，不离不弃。花红花白，花鲜花艳，相互依托，千姿百媚，娇羞欲语，嫩蕊凝珠，盈盈欲滴。

鱼儿则在莲叶间游戏，一会儿东，一会儿西，一会儿南，一会儿北，就这样往返穿行。还有水葫芦、水浮莲、菱角等，疏也好，密也罢，大家共生一池，互敬互让，共度春秋。再过几天，就会出现"接天莲叶无穷碧，映日荷花别样红"的秀美景象。碧绿的莲蓬随风微微颤动，在朝阳的照射下，显得玲珑剔透。人们的思绪在荷叶上延伸，品格在绿荷间升华，绿荷为夏天撑起一片阴凉。

美丽的荷塘里远处层层浅绿，近处叠叠深绿，新芽根根嫩绿，大叶片片老绿，绿得通透，绿得厚重，绿得养眼，绿得怡心。

"出淤泥而不染，濯清涟而不妖"这两句小时候常听父亲讲，但不解其意，直至上学后在课本上学到才真正明白其内涵。莲从泥淖里生长出来，但泥淖腐烂不了幼芽，腐蚀不了肌体，腐坏不了它的成长；恰恰相反，它不但抵制了泥淖的污腐，而且汲取了泥淖的营养，改善了塘里的水质。难怪父亲教诲我要做这样的人。

寒冬时节，池塘中的水会结冰。早晨上学途经池塘，往有水的地方一看，水面上结出了薄冰，说明寒冬已经到了。

最有趣的当数破冰逮红鲤鱼。当时，生产队放养了很多红鲤鱼。结冰后，红鲤鱼有时候从水底游到冰下面，我们透过冰层看见红鲤鱼若隐若现的身影，在上面跺脚它似乎没有反应。见此情景，我们便从家中拿来锤子或榔头砸冰，往往在快将冰砸出个洞时，鲤鱼便慢悠悠地游走了，让人感到遗憾。

鲤鱼偶尔也有被捉住的时候，我想它一定是条反应迟钝的鱼。谁捉到鱼都会成为爆炸性新闻。即使快速拿回家，闻讯的人们也会好奇地蜂拥而至。我曾经逮住一条红鲤鱼，约有两斤重，等到鱼已进肚，还有好奇者登门。

每隔两三年就要进行清塘。首先要抽出池塘里的水，抽水机通宵达旦，几乎将池塘中的水抽光时，塘中的鱼慌乱地挤在最后的一汪浅水中，露出脊背徒劳地奔逃，像影视剧中敌军被包围的场景，仓皇而狼狈。这时，是逮鱼的最佳时机。平时狡猾至极的鱼，现在手到擒来，被丢到岸上张着嘴巴喘气，个头较大的鱼常常吸引众人的眼球。将鱼捕完后，生产队长便组织人员称重量，根据人头抓阄儿分配。人们高高兴兴地将鱼拿回家，此时，仿佛感觉到年的味道，开心至极。

其实，鱼是逮不完的，比如泥鳅、黄鳝等喜欢藏在黑泥里，有经验的捕鱼高手便开始大展身手，老家人称之为"翻坑"，大意是要将坑翻个底朝天的意思吧。

记得有一年，我二哥在淤泥里逮了近一脸盆泥鳅。一条鲜活的泥鳅，用手抓住可不是一件容易的事，一会儿就会被它弄得满手黏液，光滑的泥鳅浑身充满了力气，在地上直打滚不肯就范。

宰杀泥鳅一般不开膛，只是多换几次清水，目的是让它把肚子里的脏物吐出来。入锅前将它们先盛入小筐子里，撒上少许盐，泥鳅拼命挣扎一阵后，就会直挺挺死去，看上去有些可怜。那年美美地过足了泥鳅瘾。

记忆里，大坑也经常干涸。有几家人做豆腐，便在坑底挖个类似于井的水坑，这样水就会慢慢渗出来。据他们说池塘里的水做出的豆腐，口感好且产量高。真是奇怪了，池塘里的水怎么会有这样的功效？现在看来，这一说法的确有些牵强，甚至是愚昧，城市里不都是用自来水做豆腐吗？

令人遗憾的是，原先偌大的池塘基本消失了，如今几乎变成了臭水坑，被污染得很严重，水面上漂浮着花花绿绿的物品，即使鹅鸭都嫌弃在那里游来游去，更见不到孩子们的身影了。不知道具体什么时候变成了这样。到侄辈们诞生，村里已无一片荷叶，只有树木在臭水坑边毫无顾忌地生长。

失去水的村庄，没有了灵魂与水性，的确令人有窒息感。

水库

村庄的西南面，是大片的田野。

春夏吹西南风，秋冬吹西北风。春夏以种植油菜、棉花、大豆、红芋、玉米、高粱等作物为主，秋冬则以种植小麦为主。一条东西走向的水渠将大片的田野分成两半，虽然不是泾渭分明，但各有其主。水渠南边是前屯村的地盘，北边是我们村的地盘；再往西边，就是张后屯村的地盘；再往东边，则是费庄村与渠安屋村的地盘。

在水渠的北面有一个不小的水潭，老家人称之为水库。那里也是我儿时的乐园之一。

记忆中，水库的西边有一个高大的砖窑，呈锥形，高六七米。从前那里烧过砖，人们做砖坯子便就地取土，所以日积月累就将平地掘出了一个很深的坑，慢慢水库就形成了，方圆几千平方米的样子，约有四五米深。周围堆着一些碎瓦砾，还长出了一些杂草。

杂草中数量最多的是狗尾巴草。它从瓦砾中钻出来，生命力很顽强，在校园、田野、路旁、果园中都能看到它的身影，我们叫它"毛谷谷草"，到了一定的季节，会结出颗粒细小的种子，果穗毛茸茸的，很像狗尾巴，也许因此而得名。可惜的是，它不是金黄的谷子，不能充饥，只是好看。当时想，要是变成谷穗该有多好呀！

在没有实行分田到户的时候，生产队经常组织一批队员到那里烧砖。

首先取土加水搅拌均匀，然后用专用工具将泥土加工成砖坯子，等砖坯子晾干后，再放进窑内，排列整齐，老家人称为装窑。上面封好土，便开始从四周的几个窑洞口点火。据说一连要烧上好几天，生砖坯子才能烧熟，冷却后变得很结实。人们在那个年代常讲要培养又红又专的接班人，我想也许是根据它得来的吧，寓意是一个人经过"烤"验后，才能达到德才兼备。

后来实行分田到户，也许是为了多些土地，砖窑被推倒，夷为平地，但还是比周围显得高些，且有很多碎砖头，耕种了好几年才将土壤改良过来。分得这片土地的人家叫苦不迭，因为土壤不好影响了几年的产量。

夏天，水库也成了水牛的乐园。劳作后的水牛迫不及待地冲向水库，先在边上滚上一身泥浆，然后卧倒在浅水区，有时几头牛还相互嬉戏，那笨拙的样子看上去很滑稽。水牛似乎很贪婪，久久不愿上岸，要等着饲养员再三催促，才依依不舍地离开，上岸后用力甩甩身上的水珠，样子显得很精神。

夏天，水库更是孩子们的乐园。暑假里，少年们经常相约，一起像疯子一样叫唤着向水库跑去，像抢第一名似的，你拉我拽，生怕对方比自己先到水库跟前。沉寂的水库因为少年们的到来，突然变得热闹起来，水面上流过一波又一波快乐的笑声。

水库积聚了很多的水，谁也不知道有多深，因为似乎从未见过有人游到水库的中央区，大多数人是在浅水区，感受着水的阵阵清凉。只有个别水性好的人，才会像不畏生死的勇士，往水库的更深处游去，让清凉的水像丝绸一样包裹着自己的身体。他们还不时地做一些动作，比如仰泳，像块木板一般浮在水上；或挺起身体，猛地往水里一钻，能在水里待好几分钟。少年的我们也模仿着在浅水区畅游，仰望着一望无垠的蓝天白云，自我陶醉。到这里游泳常常是偷偷地，尽量不让家长知道，因为这里水深，容易溺水，每隔几年就有人被淹死。家长常常吓唬说，那里有水鬼，会拉住小孩子不让走。尽管听起来有些恐怖，小孩子们还是禁不住诱惑。

水库还是浇灌幼苗的水源。有些幼苗，比如大白菜、红芋秧等，在刚种下的几天里要天天喝水。傍晚时分，夕阳西下，农人们沐浴着余晖开始出门。如果田地距离水库较远，就要找一个大的盛水工具，这样能免去不少往返的路途。大的盛水工具通常是由圆柱形的铁皮油桶改造而成的。在油桶一头开个四方形的进水口，口的四周再焊上一个漏斗，目的是好向里灌水；还要在一头挖一个小口，焊上个细长管，用来放水。大桶用平板车拖着，一大桶水能浇不少幼苗。距离近的，则用扁担、水桶挑水。幼苗数量多的话，往往一直要到月亮高挂，才能将它们浇完，人们常常披星戴月回家。

遇上天气大旱，水库里的水就会被阳光蒸发干，露出河床。过不了几天，烈日将泥巴也烤干了，一片一片的像锅巴，无聊的我们有时也会将干泥巴揭起来玩耍。这样的天气，不要说我们了，就连水牛也会很失望吧，它们最佳的沐浴场所没有了。而靠天吃饭的人们更是心急如焚，因为会直接影响收成，好在干旱的天数毕竟还是少的。

那年，水库接近干涸，竟然有大人在里面撒网逮到一些鱼，这令少年们既兴奋又感到很奇怪，水库是独立的，既没有人往里面放养鱼，又没有与其他沟河相连接，怎么会有鱼儿呢？大人的回答似乎能将我们的问号拉直。他们说，鱼儿会飞，在大雾天气，鱼群就能腾云驾雾般在空中飞行。可是谁又目睹过呢？

后来，水库渐渐消失了，淤泥堆积太多，河床变浅，勤劳的农人设法将它变成了耕地。

　　一个很平常的水库，像是南边田野上的一只眼睛，曾经使大片的田地变得富有生机和灵性。它虽然永远消失了，可在我的印象中总是抹不去，在我心里还是一直碧水悠悠。那些暑假里的故事始终点缀着我的成长，那水样的流年，集聚着我的快乐和美好回忆。

老井

在苏北农村，所有的村庄都有老井，因为那是生命最初的源头。我童年生活的袁庄也不例外，而且有三口老井。

村子的东南和西南各有一口井，北边还有一口井。村北的井与村东南、村西南的井几乎是等距离的，呈等边三角形。我家就在村东南和村西南两口井的中间。这三口井水源充足，水质清冽甘甜，用大地母亲的汁液无私地滋养了老家的一辈辈人。如果一个村庄没有井，那么村庄就可能会荒芜。因为是井水喂饱了村庄的每一张嘴，滋润了村庄的每一个生命，人与牲畜只有依靠井水，才能生存和繁衍。

"日出而作，日落而息。凿井而饮，耕田而食。"这是先秦的《击壤歌》中所唱的。由此可见，先人老早就打井用了。

三口井是何年凿建的，已很难有人说清楚，反正是有些年月了。从我有记忆起，它们就已经存在。老井的井沿是用几块大青石铺成的，经过长年累月的摩擦和井水的浸润，那石头变得光滑而圆润。后来，不被频繁使用的时候，井沿内壁生长出绿绿的青苔，仿佛张贴着毛茸茸的绿毯。

20 世纪 70 年代末，压水井受到人们的青睐，这三口井逐渐被冷落了，被废弃了。老井被冷落、被疏远，仿佛一下子就进入老年状态，水质渐渐地不再清澈，甚至慢慢地生了小虫，人畜不再饮用，打上来也只是用来浇灌植物。后来为了人身安全，便用水泥板之类的东西将井台口封闭起来，因为曾经有人因闹矛盾而跳进去寻死。老井于是消失在村民的视野里。随着时间的推移，老井在人们的心目中渐渐淡去，以至后来的孩子不知道曾经还有老井存在。但关于老井的旧事总是在我的记忆里抹不去……

井台边就是一卷世俗的风情画。清晨，天空雾蒙蒙的，院子里就响起母亲担水桶的声音。听母亲说，到了井台，井口黑洞洞的，像个无底洞，根本看不到水面。母亲凭着多年挑水的经验，将拴好的水桶续到水面，水桶在她手里，左一摆，右一摆，突然一扣，稍顿，一提，握紧井绳，再倒几次手，满满一桶水就提到了井台上。等母亲将家里挑得缸盆都满时，井台上才陆续出现挑水的人们。

小时候，父母最怕我们去井台玩耍，尤其怕我们伸着脖子朝里望，万一不小心掉下去小命也就难保了。但是，我们禁不住诱惑，在好奇心的驱使下，总会铤而走险——趴在井台上朝里望，那蓝蓝的苍穹、雪白的云朵、自己的身影，统统都映照在水井里；更爱在明月之夜去看那井，月亮携着星星沿着光的影子沉落到井中，仿佛在与井亲昵，彼此慰藉、抚摸、浪漫、缱绻，是多么美好。

在我看来，水井是有脸庞和躯体的。井的脸庞像镜子，水清水净，既照天光云影，也照世俗百态。它的躯体是站立起来的一脉清流。直立的井是一种深入，也是一种悬挂。以人的视角看，它是一种深入；以地球的视角看，它则是一种悬挂。以井的视角看呢？它当然就是一口实实在在的井。令人不解的是，井的视角历来是被鄙视的，故有坐井观天、井底之蛙的成语，以井口小来证明井的视角比较狭小。其实，度量井的角度不该是它的视角，应该是其深奥与不竭。

我刚能拿动水桶，就开始去井台挑水。人小力气小，把空水桶放到水面上还行，盛满水往井台提就费劲儿了，要倒几次手才能提上来。把水桶放到井里装水需要技巧，有经验者左一摆，右一摆，水桶就底朝上了，眨眼工夫就盛满了一桶水，三下两下把水提了上来。起初，我没这本事，无论怎么用劲儿，摆来摆去，水桶就是不听使唤，要么不倒，要么就在水面打转悠，费好大的劲儿也很难打满水。每当遇到这种情况，前来打水的大人就常常帮助我，转眼间，两桶水就放在了我面前。我起先挑水不会换肩，只压一个肩膀，后来两个肩膀轮着用，小扁担颤颤悠悠，呼扇起来一阵风，一副得意扬扬的样子。

早晨、傍晚时分，挑水的人总是络绎不绝。扁担敲打井沿的声响，铁水桶撞击井壁的声音，人们的交谈声、脚步声，甚至咳嗽声，交织在一起，就像演奏着一种不协调却又悦耳的音乐。

国有国法，家有家规。国法写在纸上，写在红头文件上；而家规有的写在纸上，有的则言传身教。常常有这种现象，写在纸上的未必灵验，而潜规则则很管用。到老井打水，就有些不成文的规定，像井水源源不绝一样，传承了一代又一代。

这些规定里，至今我还记得几条。比如不准把刷桶的水倒入井里，不准跳越井口，不准往井里乱扔东西，要给陌生人喝水提供方便……到了能挑起两个水桶的年龄，我去井台挑水，父亲开始教诲"不管水桶脏不脏，在井边刷桶后，一定不要倒进井里，要将水倒一边去""遇到陌生人找水喝，不管远的近的都要让人家喝水……"，并且强调"这可是井台上的规矩，以后记住了"。

老井的出水量很足。四五百口人再加上牲畜饮用，从来就没见干涸过。往井里看，井壁湿漉漉、黑黝黝，大半边都有青苔。青苔深深浅浅，水珠偶尔滑过，细微的"滴答"声敲碎宁静。井中倒影随波晃动，那么远，那么深，把所有的秘密包裹得严严实实。天寒地冻，井里也不会结冰，打起一桶水，似有热气蒸腾，手伸进去，暖暖的，不刺骨。

刀用时间长了会钝，钝了就要磨。同理，水井用时间长了就要变浑浊，井底就会有淤泥，而且还会掉进一些杂物，比如滑落的水桶、碰碎的瓦罐、调皮孩子扔进的棍棒等。为了不让水变浑，就要经常淘井。通过淘井，把杂物清理干净。那三口水井，每隔两三年淘一次，像家里盛水的大缸，每隔几天就要擦洗一遍，一个道理。井越淘越干净，泉眼越淘越旺。

盛夏，没有午睡习惯的村民喜欢到老井边的大树下休息，乘凉兼八卦。老爷们喜欢拿着小马扎，提着旱烟袋，坐下来就迫不及待地点着烟锅吧嗒吧嗒抽起来，吞云吐雾，一副忘我的神情。老娘们则在那里洗洗涮涮，忙忙碌碌。

冬日里，井里会冒出一阵阵的热气，云雾缭绕，袅袅升起。人们在井边洗蔬菜、衣物等，衣袖卷得高高的，胳膊被北风吹得通红。井水却是温暖的，大家互帮互助，温馨和谐，其乐融融。

老井可以说是村庄的明眸，它目睹着村庄的变迁，见证了一代又一代人的生死、婚嫁，也帮着村庄里的人洗去岁月的尘埃，洗去浮华，洗去伤痛，照见一个清晰的明天。所以，就连村庄里的鸟雀也喜欢到井台上溜达，找机会低头饮两口人们洒在井台上的水，望一望井水里的一角天宇，时不时得意地叫上几声。村庄就是在这样的静谧里睡去又醒来，周而复始。

人们常常用"背井离乡"这一成语来形容外出闯荡的人。老井沉淀了深厚的历史和乡情，因此成为家、故乡的代名词，也成为游子心灵的归依。故乡的老井，不仅给了我清澈甘美的味道，更多的是给予我一种家的感觉，承载着一份对故乡的思念……虽然离乡已近40年，但我记忆的线条依然清晰，仿佛如昨，历历在目。偶尔想起老井我心中会微微地颤抖一下，激动不已。

围墙

　　小时候，村子里大多数人家的院子是用篱笆围起来的。篱笆又叫栅栏、护栏，是用来保护院子的一种设施。篱笆用树枝、芦苇、秫秸、玉米秸等编成，一小截儿埋在土里，竖立着，成为障碍物，作用与院墙或公园周围的铁栅栏相同——阻拦人或动物通行。篱笆还大量应用在菜园的周围。

　　制作篱笆，老家人俗称"夹篱笆"。夹篱笆大都就地取材。例如，高粱收割后，选出粗壮、笔挺的秫秆晒干，摘去叶子，再用柔软的柳条缀上"腰"，秫秆就连成一片，变得坚固起来。沿着院落周围挖大约半尺深的沟，将秫秆一端放入，埋土，踩实，篱笆就算夹成了。篱笆虽比不上土墙与砖墙结实、高大，但是透光通风，没有危险性。

　　盛夏，院子里的眉豆、豆角、丝瓜、南瓜等将稚嫩的枝蔓偷偷地攀上篱笆。丝瓜更是风景独特，有诗句"家家瓜架傍篱搭，满架黄花满架瓜。藤缠萝绕蔓连蔓，分甚邻家与自家"来描绘它。等到整个篱笆都快变绿色的时候，各种鲜嫩欲滴的喇叭花朝着四面八方吹着欢快的民乐，招惹着大批蜂蝶飞来飞去。对于小蜜蜂孩子们是不敢惹的，因为它会蜇人，而蝴蝶就成了孩子们的最爱。谁知那斑斓的蝴蝶非常机灵，仿佛有意逗人玩儿似的，待在花蕊上纹丝不动，一副若无其事的样子。当人走近时它好像浑然不觉，谁知正在人沾沾自喜以为要唾手可得时，它却展翅高飞，真的很闪人，那种失落的心情只有亲自经历的人才会感受到。

篱笆随遇而安，把它安在哪儿就在哪里扎根。一座房子，一棵大树，一方篱笆，一畦菜地，一缕炊烟，把农家的日子渲染得极富田园诗意。夜幕降临了，白天的炙热渐渐退去，知了也仿佛失去了激情。万家灯火的时候，清凉的风透过篱笆吹到院子里，把豆粒般的煤油灯吹得忽闪忽闪，跳上跳下。一家人围坐在昏暗的灯光下吃晚饭，有说有笑，其乐融融。

后来，篱笆逐渐被土墙替代。初始的土墙大多用泥土和麦秸秆拌制而成，俗称"干打垒"。曾经，土墙是苏北乡村的一个标志性元素，家家户户都有院子，也就意味着家家户户都有土墙。有土墙的存在才算真正构成了院子。严格意义上说，之前用篱笆围起来的都不能算是院子。之所以建造土墙，主要原因是黄土是免费的建筑材料，取之不尽，用之不竭。正是由于这些土墙的分割与勾连，才使古朴的村庄仿佛成了迷宫。

我觉得土墙最重要的作用还是美观和保护隐私，其次才是用来防盗、保障财产安全等。这样的土墙大都很低矮，邻里之间甚至可以相互看得见，还可以通过围墙传递东西，来来往往非常方便。虽然不具备防盗功能，但也没有失盗的情况。只是偶尔听到谁家吆喝，自家的小鸡小猫小狗之类的找不到了。吆喝一阵子也就偃旗息鼓了，估计它们又回到了主人的家里。

正因为土墙低矮，小孩子们才会经常爬上去玩耍。初始，只是跨骑式地在上面慢慢移动，随着本领的增强和胆量的增大，很快就会站在上面来回走动，甚至可以在上面嬉戏。土墙也可以说是男孩子们儿时的乐园之一。小伙伴们相约外出去玩耍，不进院门，而是隔着院墙喊两声，屋子里或院子里的孩子听见了，就回应着往外跑去。

冬日里，农人们才有时间和心情倚着墙享受暖阳，老家人称之为晒暖。孩童们不喜欢晒太阳，却喜欢在大人们旁边跑来跑去，或借助土墙玩起"挤压油"的游戏，常常玩得热火朝天。

土墙头还是鸟雀们的乐园之一。它们沐浴着晨曦在墙头碰面，叽叽喳喳地叫着，仿佛在交流昨日的见闻、安排今日的具体活动。然后，过上一会儿，便各自飞奔而去。黄昏时分，又在落日的余晖中聚在土墙上蹦蹦跳跳，个个兴高采烈的样子，交头接耳地谈论着一天的见闻与收获。它们虽然身穿华丽的外衣却不太讲究卫生，喜欢随地大小便。白色的、灰褐色的粪便黏附在泛黄的墙体上，仿佛某些行为艺术家的任性涂鸦。这丝毫不影响美观，一场大雨之后，这些涂鸦便被冲刷得无影无踪。

墙根处则是一些小昆虫休养生息的乐园。因此，比起墙体的其他部位，墙根处腐朽的速度最快，腐朽程度也最厉害。在腐朽处的干燥沙土上总会有一些不规则的漏斗状凹坑。土墙的寿命通常有多长，我不得而知，只知道每年夏天，在狂风暴雨的袭击后，或遇上阴雨绵绵，有些人家的土墙就会轰然倒塌一截儿，很快主人家就张罗着建造新的土墙。一堵崭新的土墙又会拔地而起，接续着老土墙未尽的使命与担当。

我曾数次目睹了村民们夯土筑墙的劳动场面。湿土被一层层垫到脚下，石夯在夯筑者手里一上一下，充满律动，发出喧嚣的鸣响。打夯人喊着整齐的号子，在紧张有序的气氛中，将自己的祈福连同汗水一并融入墙体。

随着生活水平的提高，土墙又渐渐被砖墙取代，高高的围墙上还安装了一些破碎的玻璃片朝向天空，远远望去龇牙咧嘴甚是恐怖。主人用意显而易见——为了自己的财产安全。这样的墙已经具备了防盗的功能。院子的大门也由木头门换成了大铁门，但也是防不胜防。也正是从这个时候起，失盗的情况时有发生。邻里之间往往因为院墙的位置、高度等问题，闹得反目成仇，有的甚至是同胞兄弟也会大打出手，想想真是汗颜。这使我想起六尺巷的故事。

六尺巷的故事，除了弘扬一个"德"字，即品德和官德，还有一个"度"字，即度量和节制。哪怕是理直气壮，也要得饶人处且饶人。无论做官还是做人，永远都要保持一份清醒的克制。因为克制是一种修养，是一种理解，是一种品格，是一种境界。想克制自己有时就要委屈自己。正如《菜根谭》所言"径路窄处，留一步与人行；滋味浓时，减三分让人尝"，也许这"留一步"和"减三分"，会给待人处世带来可喜的转机。

《周礼》言"五家为邻，四邻为里"，俗话也说"远亲不如近邻"，这些无不说明处好邻里关系的重要性。邻里之间闹不和，抬头不见低头见，让人很尴尬，自然就要失去很多生活乐趣。古人曾有诗"鸡声共邻巷，烛影隔茅茨"叙说邻居之间的情景。可以想象，这是一幅多么美好的画面，这样的邻里关系是多么温馨和谐。

不设防的乡村篱笆，不论是功用还是外观，都是朴素而简单的，也是最初的围墙，虽然没有砖墙那样高大而坚固，却有馥郁醉人的温暖和亲切，也拉近了邻里之间的距离，彰显了农人的本真淳厚、平淡超然。我说这些并非主张要回归到那种初始的篱笆状态，只是希望邻里之间不要因为围墙的存在而变得关系疏远，甚至产生隔阂。

住房（一）

我出生在一幢用泥土坯垒砌的茅草房子里。房子虽然条件简陋且造价低廉，但具备自然、环保、原始等特点。

说其自然，因为其本质简朴，构造简约，取材简便。既没有时髦花哨的外饰，也没有复杂多变的内心。

说其环保，因为其墙壁宽，屋面厚，隔温效果好，冬暖夏凉，住着舒适，不浪费能源。

说其原始，因为其所用的材料都是就地取材，泥土、麦秸秆等随处可见。房梁也是家门口或院子里的大树砍伐后，经木工稍加修饰便成型了，其造型基本保留了古代人类的文明与历史的记忆。

茅草屋的建造技术含量虽不算高，却是一个苦力活。一般在春夏或秋冬之交等农闲时节建造。

茅草屋一般是由墙体与屋梁、屋架子、屋顶等部分组成。

墙体是支撑茅草屋面一个不可或缺的载体。支撑屋梁荷载两端的是山墙，处在其间的叫隔墙或隔山墙。山墙与茅草屋的前后檐墙一样，是在屋基上用泥土、水、麦壳拌和后筑成的。等筑到一定的高度，就要用一种铁叉工具将墙体的里外侧剔除掉较厚的一层，一是为了墙面的平整美观，二是为了给墙体瘦身。尽管如此，墙体还是比较宽厚，宽厚就会结实，结实就会显得富态，富态就会更加保温。

屋梁与屋架子是承载屋面荷载的。屋梁学名叫檩，屋架子学名叫椽子。屋梁的多少与大小由开间与进深的大小而定。一般是五架梁对称布设，一道中梁、两道二梁和檐梁。梁一般都是由树身做的。屋架子是由木条做成的，间距较小，最大的不超过一尺，通常八寸左右。屋架子上面铺的是箔（即用高粱秸秆编织而成的，也有的是用芦苇编织的）。

用茅草盖屋之前，要在箔的上面铺上一层草，再在其上面涂层泥浆后，才一层一层地铺盖麦秸秆。盖屋也叫缮屋，绝对是手艺活，要有相对丰富的实践经验和过硬的技术。一把挨一把，一层叠一层，错层收坡，层层涂浆。盖到顶，做屋脊。最后，还要用钉耙由上至下梳理一遍，把多余的麦秸秆梳掉，把不均匀的梳均匀。只有把紧、收均、泥实、梳匀，不漏雨、刮不翻、能保温，才算是上等手艺。

两三年一小修，三五年一大修，这几乎是乡间茅草屋的使用规律。换下旧的茅草覆上新的茅草。茅草屋是我的诞生之地，是我人生的起点，是我童年温馨的摇篮，是我心灵的寓所，是我情感的寄托，更是我生命不沉的方舟。

等到哥哥快要找对象的时候，我家在村子东头的宅基地里盖了三间大瓦房，当时很多人看了都羡慕。

瓦屋是茅草屋的升级版。瓦屋与茅草屋最大的区别就在屋顶上。到了后来，房屋的墙也由泥巴变成了砖，墙砖大多是红色的，也有青色的。瓦也主要分为两种颜色，红色的因其鲜艳而占了主流，青色的因其灰暗故用得相对较少。无论青瓦还是红瓦，不管是拱形的、半圆筒形的，还是平的，都是乡村的标志。

在那个相对贫困的年代里，瓦屋通常是衡量家庭贫富的重要条件。谁家要想说儿媳妇，就要先想方设法克服困难（有不少家庭是东拼西凑，找亲戚朋友借钱）盖个大瓦屋。媒人在介绍男方家境的时候都会很有底气地说："人家盖了三间大瓦屋。"瓦屋的重要性，由此可见一斑。也难怪，早在1000多年前，大诗人杜甫就曾为住所慨叹。安居才能乐业说的就是这一道理。

瓦是智慧的农人用勤劳的双手，加以温情揉捏，脱模成坯，窑火煅烧，定型而成。其质地坚硬，非常耐用。然后将它们一片片相枕相依，首尾相连，俯仰相承，覆盖在屋顶，齐整如鱼鳞。它们默默地庇护着主人，延续着农耕的岁月。

有了瓦，房屋仿佛披上了蓑衣，戴上了凉帽。一片片薄薄的瓦片撑起了一个个安宁的日子、温馨的家。暴雨倾盆，它可以阻隔雨水；骄阳似火，它可以遮挡烈日；风雪满天，它可以抵御寒冷。上瓦与下瓦之间，瓦沟与瓦扣之间，那非常有限的缝隙里，任清风流淌。住在这样的瓦屋里，心定气闲，夏凉冬暖。

瓦是雨的琴键，是雨心心相印、永世不忘的情人。晴日里，彼此牵挂，却默默无语。一旦风携雨至，雨指弹瓦，千丝万缕，摇曳成一根根琴弦，音乐随之奏响。

瓦是鸟儿栖息的乐园。树上或瓦上是它们的主要栖息地。有些鸟儿还会选择在瓦缝隙间安家，乃至生儿育女。白日里，它们在瓦上或打闹嬉戏或闭目养神，或谈情说爱或争争吵吵，或窃窃私语或大声歌唱，或相互争斗或激情拥抱……它们喜爱这既接地气又沐浴阳光的乐园。这些瓦上的小小生灵，居高临下，窥探着主人家的一切。它们是老屋的点缀，是灵动的音符，是光阴故事的见证者。它们的存在为农人的生活增添了诗意。

瓦虽是泥土质变的结果，但似乎还没有完全脱离本质——孕育草木。

不知是风还是鸟儿，将一粒或几粒种子撒落在瓦的缝隙里，随遇而安的种子就在瓦片间栉风沐雨，生根发芽，站稳了脚跟，安居在了屋顶上。点点绿意，若有若无，成了房顶一道特有的风景。瓦间草随着季节的变化而变化，安然荣枯，遵循着自然法则。

20 世纪 70 年代中期，我家的老房子又要推倒重建了。位置往前提了一两米，为的是给邻居留下更多的空间。在老家有个不成文的规定，即自己家房顶上的雨水要流到自己家的宅基地上。这一次盖了五间"腰子"墙（指房屋的墙壁一半是泥墙一半是砖墙）的瓦屋，由于规模较大，建造的时间较长，花费了不少的财力、物力。砖是红色的，可以说是用全家节衣缩食省下来的钱买的。红砖整整齐齐码放在我家的屋后，上面被父亲用柴草之类的东西盖着，还用石灰水做上标记。新房子建成后，几乎成了村里的标志性建筑，一时间，参观者络绎不绝。接下来的几年里，村子里的房子大都按照那一模式建造。我在那座房子里生活了好多年，童年基本上是在那里度过的。

住房（二）

　　我上中学的时候，由于家庭发展的需要，老院子的那座房子交给二哥居住。奶奶、父母、五哥和我搬迁到后屯中学，在学校附近建造了一座简易的矮房子，是用当时流行的空心砖垒砌成的。这次没有找外人帮助，完全是一家人自己建造。由于空心砖体积较大，一块可抵十几块普通的砖，建造起来很省事。其实，与其说是房子不如说是棚子，低矮且空间狭窄，采光自然也不好。尽管这样，全家人依然乐于居住。那里环境好，除了校园就是一望无垠的庄稼地，空气新鲜，熟稔的庄稼散发出的浓郁芳香，沁人心脾。只是白天有些嘈杂，因为有几十个班的学生，人气旺盛。

　　父亲经营着商店，还美其名曰"优惠商店"，顾名思义把更多的优惠让给消费者。父亲的做法得到全家人的支持。由于经营有方、货真价实、童叟无欺，用现在的话说就是薄利多销、诚信经营，吸引了不少附近村庄的老百姓前去购买，生意很红火。

　　转眼间几年过去了，在那里我依依不舍地离开老家，第一次离别亲人，远走他乡，成为游子，开始了独立生活。

　　新兵训练结束后，我被分配到机关，享受着干部的待遇，与安徽霍邱籍的小廖同住一间平房。那里比较安静，给我复习考军校，创造了优越的条件。我常常是伏案至深夜。而小廖早已酣然入梦，他是城镇户籍，而我却没有，我只能通过努力去改变现状。我在那里苦苦拼搏，终于等到了军校的录取通知书。那段岁月刻骨铭心，终生难忘。那是我人生的一大转折，也可以说命运从此改变。如果没有那个转变，今天的我也许还会面朝黄土背朝天，躬耕于垄亩。

　　离开老家的第三年，父亲又在矮房子隔壁建起了一座现代化的新瓦房，这次是真正的浑砖到顶。远远望去，红砖红瓦的房子掩映在郁郁葱葱的树林中，时常有鸟儿欢唱，堪称世外桃源。房子的外观很普通，而室内完全按照都市商品房的结构设计，更是让参观者赞不绝口。五哥在那里举行了隆重的婚礼，遗憾的是我正在南京上军校，未能目睹那热闹的场面。

　　军校毕业后，我又回到部队，由于分配在机关，又住起了单间房。部队的楼房大多建设于 20 世纪五六十年代，地基用的多是大块的石头，由于地势高低不平，夏天常常有雨水从房子的地基缝隙里汩汩冒出来。就是在那间房子里，我从五个"W"开始，逐渐对新闻与写作产生了浓厚的兴趣，还订阅了大量的写作书籍。夜晚，我或伏案苦读，或笔耕不辍。宝剑锋从磨砺出，梅花香自苦寒来。我经过刻苦努力终有所成，从市级媒体到省级媒体再到国家级媒体，不论是军队还是地方，不论是报纸还是杂志均有所收获。那间房子的墙壁上有一个报纸夹，我将刊发自己文章的报纸集中装订在一起，每天目睹着，以此激励我笔耕不辍，并将写有"语不惊人死不休"的警句悬挂于床头，大有卧薪尝胆之志。

　　20 世纪 90 年代中期，徐州市第一期安居工程使用房在西苑小区竣工，哥哥分得一套住房，装修后将父母接来定居。翌年，我在新居举办了婚礼，成了洞房。

　　与父母共同生活了两年多时间，大约在儿子 1 岁的时候，我购买了一套二期安居工程住房。10 年的光阴被扔进里面。在这间小屋里，柴米油盐酱醋茶样样不可或缺，我真正感受到成为一家之主的快乐与烦恼。满头的浓密乌发渐渐变得稀疏，生活的重担、工作的压力，将我变得有些过早衰老……

　　在儿子读小学高年级的时候我们又搬到了新家。室内装潢一新，设施设备也都是全新的。我跟妻子开玩笑说，这不跟新婚一样吗？妻子笑了，笑得是那样幸福。三室两厅两卫，对于三口之家来说空间足够大了，更好的是房子有暖气，解决了冬天寒冷的问题。我专门将北室作为书房，整面墙陈列的都是书籍，书香之气浓郁。终于有了属于我和儿子学习阅读的独立空间了。转眼间，在这套房子里又过了七八年，在奔忙劳碌中，在陪伴儿子挑灯夜战中，不知不觉间将儿子送进大学。妻子建议再次搬家，理由是四五年前买的新房子距离她单位较近，不需要考虑孩子了，就该考虑自己了。

　　虽然那座带有电梯的新小区交房已有两年多时间，小区业主也乔迁过半，我倒是不太主张搬迁。也许是恋旧，也许是习惯了，也许是觉得搬迁后，虽然得到的是新的相对舒适的居住环境，失去的却是已经非常融洽的邻里关系。俗话说，远亲不如近邻。彼此有个照应，大家畅所欲言，根本不设防。邻居能处到这分上，不能不说是缘分。因为在现代都市里，在物欲横流的年代，邻里不相往来，对门互不说话、不知道姓名的也为数不少。

　　人们常说眼睛是心灵的窗户，窗户则是房子的眼睛，而房子则是乡村和城市的眼睛。我们用眼睛记录着光阴，记录着流年，记录着不舍，记录着眷恋，记录着烦恼，记录着喜悦，记录着生活的点点滴滴。

　　每次看似换了，忘了，转眼房子们一个个排好队，转个弯，偷偷溜进心房。每一处回不去的房子，都可以说是一个回不去的故乡，让我魂牵梦绕。

记住老房子，就是记住美丽的乡愁，就是记住文明血脉中丝丝缕缕的家国情怀。不论对于我、家庭还是国家来说，时代再怎么发展，境遇再怎么改善，都不能忘记过去、忘记初心，如此才能让前行的道路走得更远、更踏实、更自信，才能劈波斩浪，砥砺前行，共筑安居福祉，共享精彩人生。

摇篮

　　我开始上学的地方就在村子里，之所以称其为地方而不是学校，是因为那里虽有很多房屋，却只有一间是学生上课的教室，没有院墙更没有大门，根本称不上是学校。教室其实就是用生产队的仓库改成的，称之为村小学确实有些名不副实。

　　村小学的正中间是一个大仓库，里面储存着全村几百号人的口粮。仓库正东方有一个大场地，天气晴好的时候，保管员会把仓储的粮食运出来晾晒。绝大多数时候是学生们活动的场地，尤其是上体育课的时候，大家在上面尽情地奔跑玩耍。有时也有其他妙用。比如，过上很长一段时间放一场露天电影；或者偶尔在农闲时有外地的把戏班子在那里摆开阵势，锣鼓喧天，舞刀弄枪一阵子；或者秋收之后外地来的皮影戏、大鼓书也会在那里上演。那时，人们的精神生活比较匮乏，每当有这些活动的时候，往往是男女老幼齐上阵，那摩肩接踵的场景至今都是我童年生活最热闹的记忆之一。

　　仓库的北侧就是我接受小学教育的那个大教室。那是一栋"工"字形连体平房，其规模之恢宏、建筑之牢固，非当时的一般农村房屋可比，那三根主横梁很粗壮，可以说是用我们村子里最好的大树做成的。屋顶全部用麦秸秆修葺而成，冬暖夏凉。南北墙壁均开有两个大窗户，距离地面约一米高，遥相呼应，为的是透光效果好。尽管还有四个小窗户，但遇上阴雨天或者一早一晚，室内仍然光线昏暗。窗子的里面竖立镶嵌着四五根像成年人胳膊般粗细的木棍子，主要是为了安全的缘故吧，其实里面根本没有值钱的东西，倒是方便了身材瘦小的同学，去得较早就会从窗户里挤进去。等到冬天寒冷的时候，老师或同学便会从家里拿来透亮的塑料布把窗户封堵起来。尽管如此，腊月里，尤其是寒风凛冽的时候，照样是冷风飕飕地往屋子里钻，冻得大家缩着手脚。等到下课了，大家开始跺起脚来，整个屋子里顿时沸腾起来，尘土也跟着飞扬。为减少尘埃，值日生隔三岔五地在早上上课之前或下午放学之后用水把教室的地面泼洒一遍。

屋墙的最下部分接近地面的是一层层大青砖，约有半米高，再往上才是用麦秸秆与泥土混合而成的土坯墙，墙的厚度也要比普通家庭的厚上不少。

上课的铃铛挂在厕所旁边的洋槐树上，铃铛里面的摆上拴着一根绳子，垂下来距离地面约两米高，只有老师踮着脚才可以抓住绳子摇动，铃铛便发出有节奏的响声。铃声就像是号令，正在玩耍的同学们便从教室外跑进去，气喘吁吁地坐下开始上课。

课桌非常简单，把大柳树或大杨树的树身锯成板子，厚约五六厘米，将板子固定在两个用砖块砌成的方形墩子上面，这样可以并排坐下四五个学生。课桌最大的好处是位置固定，不摇不晃，还能在上面用铅笔、石灰石等刻字画画。桌面上随处可见孩子们充满想象力和创造力的图形、符号，以及演算、歪七扭八的文字，这里面蕴含的是孩子们的憧憬和梦想。有的孩子还在上面用小刀划"三八线"。这道线似乎成为双方之间不可逾越的鸿沟，有时还会分散孩子学习的注意力——孩子老是用目光盯着那条线，如果对方超越了，就会悄悄触碰对方，提醒不要过线。

小板凳则是从自己家里带过去的，高矮大小不一，只有等到放假了才拿回家。

那个教室足够保障两个年级的复式班上课，这样的教室在我们的眼中简直是庞然大物了，其实也只能容纳三四十个学生。这种复式教学也是当时农村小学的普遍模式。因为村村都有小学，无论是生源还是师资都不可能达到正规班级的标准。授课老师通常是民办教师，而且是一个人包揽所有课程，说是所有课程其实也不过就是语文、数学、美术、体育这几门课。

教室里总是人声鼎沸，热闹非凡，宛如儿童活动中心。这种复式教学必须把不同年级的课程分开来教授，老师在为一个年级同学讲课时，另外一个年级的同学要么做作业，要么看书，要么上体育课，管理的任务就交给了班长。那时候根本没有应试的压力，也压根儿没有应试教育这个词，作业量少，难度也小，甚至交不交作业都无关紧要。即使身在课堂而神游四方也不算什么大事，挤眉弄眼、交头接耳、窃窃私语更是常态。那时的民办教师自身受教育的层次也不算高，又没有任何考试压力，所以管理也很松散，我几乎没有在家里做过课外作业，丝毫感受不到读书的压力与约束。在我潜意识里，读书是一件十分好玩的事，甚至觉得人生中最美丽动人的事情莫过于读书了。

教室的前头一隅就是教师的办公室。一张长方形的桌子，一把椅子。桌子既用来办公也用作讲台，上面放着作业本、粉笔盒和黑板擦等。木头黑板用架子支撑着斜靠在墙上，很难擦干净，用久了就要重新刷一遍黑油漆。这是当时农村学校的通常布局。

那时的教育远没有今天这么艺术化、人性化，不论是表扬还是批评，根本不会顾及孩子的情绪和自尊，都是当着众多同学的面。绝大多数的时候，被批评的学生会成为同学们幸灾乐祸的对象、调侃的笑柄。其实被批评几句倒也没有什么，更不好的是被体罚也是在教室里完成的。比如在黑板上默写错了字，就会被当场扭住耳朵数落一番。更厉害的体罚是因为作业没完成、上课时捣乱、默写的错字较多或者考试成绩较差等原因。被体罚者将头伸进木头黑板的横梁下面，撅起屁股接受全班的体罚。我没有挨过如此的体罚，更不能肯定棍棒底下出英才算不算一种教育方式，但我庆幸遇上了老师的严加管束，如果当初没有老师特殊的教育手段，我和部分同学也许真的难以跳出农门。

我的小学生涯就是在这样的教学环境里度过的。那里曾经是村里最热闹、最繁荣、最生机勃发的地方，装载着我童年的喜怒哀乐和五彩斑斓的梦想，也承载着村民苦涩的希望。

村小早已消逝在社会发展的大潮之中，早已看不到任何影子了，但在我的脑海里总是抹不去。村小不仅见证了我步入学堂的初始阶段，是我接受启蒙教育的摇篮，更是根植在我生命里的乡土记忆……

村口

　　村口是进入村子的必经之处，就那样随意敞开着，像妈妈的怀抱，任由孩子进出。

　　村口总会有些标志性的风景。进入我老家的村口前远远就可以看到一个很大的长方形池塘，一年四季似乎都没有干涸过。夏日里更会呈现出"接天莲叶无穷碧，映日荷花别样红"的美丽景象。池塘的不远处是一口老井，很深，井水清澈甘甜，周围的农人们都到井里去挑生活用水。老井的不远处有一块巨大的磨盘，虽已弃置不用，但上面时常有鸟儿光顾，蹦蹦跳跳，左顾右盼，似乎在觅食。磨盘上的更多时光还是被老人和孩子们占有。

　　磨盘的旁边有一棵高大的老榆树，枝繁叶茂，树干黝黑，树纹纵横。树高十余米，树冠如伞，数不清的枝杈蓬蓬勃勃地生长着。老人们说，这棵树已有近百年的历史了。每到春暖花开时，老榆树上就结满了榆钱，一串串嫩绿的榆钱，随风摇曳。我常和小伙伴们爬上去，挑最好的榆钱捋，一边捋一边往嘴里送，榆钱嚼起来甜丝丝的。树下除了散落的榆钱，还有孩子们的欢声笑语。老榆树仿佛是村庄的守护者。树下，常年有几位驼背的老人坐着，他们吧嗒着长长的旱烟袋，沧桑的表情、凌乱的白发，隐藏着人生的故事，成为夕阳下一道苍凉古老的剪影。时光对他们而言就是用来消磨的，他们的安逸从容使乡村更加宁静。他们身后的不远处是高矮大小不等的柴火垛。

村口总是最聚人气的地方。一年四季仿佛都是那里人气最旺。饭后，大家不约而同来到村口。附近的几户人家干脆端着饭碗来到村口。大家聚在一起开始闲聊，有叙述的，有补充的，有附和的，也有质疑乃至争执的，甚至会面红耳赤，但事后大家从不计较。村口可谓是村子的新闻发布中心，只需要交流分享，无须考证真假。当然，更多的时候是没有话题，他们就那么呆站着或呆坐着，或看日头起落；或看云卷云舒；或看远近的飞鸟，听其啁啾；或彼此打量着，互为风景。如此，一天一天，循环往复。

夏日里村口最凉爽。有的人搬着小板凳，更多的人是席地而坐。仿佛外面的风都是通过村口吹进了村庄里，手中的蒲扇也似乎成了摆设。

冬日的村口最温暖。暖阳下，农人们更喜欢站在村口的土墙下晒暖。老人、中年人、青年人、孩子各有各的消遣方式，聚在一起打发着无聊的时光。

村口是最热闹的地方。婚丧嫁娶大多在此举行仪式，很多看热闹的人都会集聚在村口。比如姑娘出嫁，其亲人（通常是哥哥）一定会手提暖瓶陪着新娘子慢慢走出村口，直至告别后还要目送着迎亲的队伍远去，才会返回。再比如小伙结婚，男方将安排娶亲的队伍去女方家里，除了接回新娘，还有一重要任务就是把新娘的嫁妆给抬回来，少则七八件，多则十余件，在抬进男家之前会将嫁妆在村口一字排开，让乡邻们检阅。围观者会对嫁妆议论纷纷，评头论足。

村口就是村庄的眼睛。每一个路过村庄的人都要经过村口，只要有陌生人进入村口，或坐或站或蹲的人都会用好奇的目光打量着，仿佛在问，这人是从哪里来的呀？这人与谁家有亲戚关系吗？直至陌生人穿越村子消失在视线里。陌生人的长相装扮等都会成为大家关注的焦点和议论的话题。

村口也是最出故事的地方。大家在一起百无聊赖时便会插科打诨，嬉笑怒骂，添油加醋，张家长李家短，捕风捉影，说不好众人奚落，说得有趣众人开怀。记得有一次，已是夕阳西下时分，从乡供销社下班的邻村年轻女营业员骑着自行车照例从村口经过，那天她的自行车后座上驮着一包东西。等她从大家的目光中渐行渐远时，大家开始议论起来，有的说是挂面，且带着羡慕的口吻说，这些挂面能吃很长时间；有的则说是卫生纸。就在大家争论不休要打赌的时候，我自告奋勇地悄悄跑过去，尾随自行车小跑了一段路，才将后座上的物品看了个究竟，原来真是几包卫生纸。为此，大家又是一番说笑。

村口还寄予了不少人的期盼与渴望。那时，每逢过年，但凡在外地的人都会回家与亲人团聚，由于通信不发达，无法得到准确的回归信息。于是在年前的那些天里，家人会每天到村口迎接。等到过完春节，又该回到外地，一家老小又都到村口送行，依依不舍之情溢于言表，甚至开始期盼着下一个春节早点儿到来。我清楚地记得，我参军那年，寿登耄耋的奶奶依然坚持要送我一程，在村口再三叮嘱我在部队要好好干，听领导的话……我上车以后，回头看到奶奶伫立在那里向我挥手。原本强忍住泪水的我，顿时模糊了双眼。此情此景令我终生难忘。

许多人从村口走出去，再回来却有着复杂的心境；也有人从村口走出去，却很少再归来，其中就包括我。渐渐地，出去的人越来越多，回来的人越来越少。一个人在外面立足，拉走了一家人；一家人站住了脚跟，拉走了一片人。其中有几个光着屁股一起在泥水里玩大的伙伴，分手后再也没有相见。长此以往，村庄像贫血的人，愈加苍白、萎缩、疲顿。村庄失去了造血的细胞，不论是外表还是内里都发生了实质的变化。村庄里剩下的大多是老人，他们舍不得走远，也无法走远，在这块土地上，日复一日，年复一年，播洒汗水，品尝酸甜，过着简单的生活，享着简单的幸福。他们艰难地维系着一个村庄的脉搏，给远在异乡的游子珍存着一份念想。有的老人，昨天还圪蹴在墙根晒太阳，第二天就再也没有起来。留守的老人越来越少，即使健在也越来越懒得到村口。就这样，村庄走着走着就老了，也变得越来越冷清了。

村口，这个曾经为城市提供粮食的必经之地，现在，则成为向城市提供鲜活生命的出口。纷纷外出的中青年人是乡村最为宝贵的血液，这些血液从村口急速地、源源不断地流向城市庞大的躯体。因此，城市繁荣了，乡村衰落了。

尽管如此，村口仍然是我心中思念、牵挂和期盼的地方，无论我身在何处，只要想起故乡，就会忆起那熟悉的村口。村口对于我来说是守望幸福的地方，是最温暖的驿站。

后记：永志不忘的故园

　　刘邦在《大风歌》中说"大风起兮云飞扬，威加海内兮归故乡"；江淹在《别赋》中写道"视乔木兮故里，决北梁兮永辞"；柳宗元在《闻黄鹂》中写道"乡禽何事亦来此，令我生心忆桑梓"；李白在《静夜思》中写道"举头望明月，低头思故乡"……多少游子和文人对故乡这一主题的反复吟唱和感怀，构成了中国人特有的家国故乡情结。

　　这些都是名人眼里的故乡。我作为普通人，眼中的故乡又是什么样子的呢？面对渐行渐远的物事，面对那些正在抑或已经消失的东西，有一日我萌生了要写写自己故乡的念头，而且每个字都要写得真诚。因为这一切都来自我的真实生活，不需要绞尽脑汁进行虚构。我所做的只是用质朴的语言还原生活的本真。

　　回头看，世间难有不朽，文字也不例外。只有真诚地将自己的心灵与读者交流，才会拥有真正的温暖，才能得到读者对文字中不足的宽容，才能让读者给予鼓励乃至掌声。

　　我的故乡丰县人杰地灵，既是帝王之乡，又是道教之源。布衣皇帝刘邦就出生在这里。道教创始人张道陵也是丰县人。

我的家乡为什么叫丰县呢？我查阅了不少的资料，得出如下结论。

据《丰县志》记载，新中国成立后，丰县赵庄镇邓庄村后进行大型土方工程时，挖出许多骨针、磨制石器、灰陶器等文物。文字描述的文物类型属于典型的大汶口文化早期范畴。遗址虽然位于丰县城北部约20千米处，但仍然可以证明，距今大约6000年前，家乡丰县已经进入史前文明时代。以此推算，在距今约一万年前，丰县已经有先民繁衍生息。

据文献记载，当时的丰部落属于东夷文化范围。商代之前的东夷属于炎帝部落。商周两代，丰人属于东人的部落之一，即丰县先民形成的部落就是东夷之一的丰夷。

由丰夷部落过渡成丰国的诸侯国，在地域属性上是十分特殊的。丰县秦代属于四川郡，联系世传古谚"先有徐州后有轩，唯有丰县不记年"，丰县当属于古徐州之地域。而丰县战国时属于宋魏，两汉时丰县属于豫州刺史部，上溯则当属古豫州；北朝丰县则属于北济阴郡，推本而言，丰地则又属古兖州之域。所以明清县志上记载丰县或为徐州之域或为青兖之境都有道理。

因此说，丰县在夏代地处徐、兖、豫三州之间，自古形成了独特的地理区位。在历史进程中，丰地改隶频繁，直到今天，丰县虽然属于江苏省，但位置处于苏、鲁、豫、皖四省接壤处。

西周成王时期，殷商纣王的儿子武庚联合东夷商朝旧部反抗姬周的统治，于是成王派周公、召公等率兵攻伐这些商旧国并且打败了他们。此战争中，丰国不仅参与了反周而且还是主要成员，说明当时的丰国具有一定的军事实力，且不甘屈服于西周政权统治。虽然失败了，但是丰国人不甘强暴压迫的精神一直影响着后人。后来，刘邦在家乡斩蛇起义就是这种精神的延续。

原来，丰县在商周时期曾经叫丰国。国王的名字叫丰殷。殷，是国君的字。

无论丰人还是丰夷，再到后来的丰国、丰县，家乡为什么冠以"丰"字为名头呢？

今天的"丰"字是"豐"的简体字。东汉许慎对丰字解释为："豆之丰满者也，从豆，象形。"豆，就是古代盛放酒肉粮食之类的容器。清代段玉裁在《说文解字注》中引申之："凡大皆曰豐。"可见，这个字的本义就是装满了嘉禾谷物之类的礼器。这个字的形成从侧面反映出丰人丰地大约在炎帝神农氏时期已经进入农耕文明时代，而且丰人重视礼祀并感恩天地神灵，说明丰人是一个重视礼仪的族群，也说明丰国是一个重视祭祀的礼仪之邦，与今天"有情有义丰县人"的民风如出一辙。

人们常把中国的版图形状比喻成雄鸡。在我看来，整个江苏的轮廓就像一只刚刚爬上岸边的海龟，丰县所处的位置就在海龟的头上。从地理位置上看，老家属于暖温带半湿润季风气候。春天和煦，夏天炎热，秋天凉爽，冬天严寒，仿佛一个爱恨分明、刚柔相济的人。

去年，我带上刚接到大学录取通知书的儿子回老家探亲，虽只是短暂停留，但已耳闻目睹到一种凄凉。

如今，村子里的人越来越少了，而且年轻人都不愿像老一辈固守田园，拼命往城里挤。他们在繁华的城市里，以不同的方式生活着、打拼着，更多的人是靠着自己的体力营生，只剩下一些老弱病残者留守在家。他们像初冬的树上挂着的几片残叶，已经禁不住风吹雨打。

不久前的过去，村庄在夏秋两季，浓荫匝地，蝉鸣虫嘶，瓜果遍地，折柳为笛，人欢马叫。那时的村庄仿佛丰满的少妇，浑身散发着迷人的妖媚。那些土坯墙、柴草垛，还有家门口大树下的那头慢慢悠悠嚼草的老黄牛，清晨喔喔打鸣的公鸡，夜晚汪汪叫的狗……可是这些美好的记忆已成为历史。

我知道，可能过不了多少年，袁庄就会消失了。因为新农村建设的步伐在加快，不久的将来，曾经养育我多年的老院子会随着大片土地的流转而荡然无存。村民都会搬进新居。他们再也不能斜倚着老柳树听暮蝉低吟，再也不能立在檐前看云卷云舒，再也不能喂养自己的家禽家畜了，再也不能……

想想人生和社会的发展，如梦如幻。果如斯，在外拼搏的人们及其后代该到哪里去寻找自己的"根"？或许这些仅仅是我的怀旧情结使然。家园会一直存在，不过是换了种方式。因为，对家园的思念是流淌在中国人血液中的基因元素，是永不消逝的情感。

那片土地养育了我18个年头，我对故乡的一草一木都倾注了无限深情。虽然已离开30年了，但我仍深深地眷恋着故乡，且她时时在脑海或梦中浮现。我相信，人心是有发达根系的，这根会让身体无论行至何处，心灵依然归属于最初出发的地方，那里就是我深情眷恋的故乡。

记忆力再好，也难以将那段历史复原。只能捡起若干记忆的碎片，费力地拼凑起来，通过我微不足道的文字，以散记的形式，从不同侧面和多个维度，用自然细腻的笔触，用白描的写法，将一草一木、一砖一瓦、一人一事建立起来，抒写出刻肌刻骨的乡土情结，描绘出清新质朴的乡土风貌和风物人事。我努力将历史的阀门打开，尽可能原汁原味地记录下来，保持原生态，以年画般的朴实细腻，再现老家的细节之美，保留下许多鲜活有趣的人事景物；同时，将一些心灵的体悟、爱的芬芳以及人文遗韵捡拾起来，洗去尘垢，奉献给所有热爱乡土、关注人文的读者朋友。

如今站在都市眺望，已经觉得乡村越来越遥远，有些陌生感。虽故乡不再依旧，但思念仍在心头。其实，故乡之于游子的人生，又何尝不是一个车站而已。而对于车站来说，所有人都只是过客，哪怕这个车站曾经让某人有过刻骨铭心的故事，哪怕它对于某人的命运有着至深至切的影响，哪怕它让某人日思夜想、魂牵梦绕，某人也只是车站的一个过客。我只能让故乡长存在记忆里，而不能占有它，更不能复制它，唯一能做的是让它尽量在文字里保持着过往的容颜。

记忆并非都与历史有关，但所有的记忆都将成为历史。我的这部文集也不例外，真心希望它能够成为人们了解中国农村尤其是改革开放前后那几个年代的文献。

不管记录得如何，我都怀着一颗感恩的心。因为如果没有那段经历，对于我来说，人生也许会失色，阅历也注定是一种缺失。因此，我非常感谢在乡下生活过的 18 年岁月。我整个的童年与青春，都交付给了那片充满生机的大地。那 18 年的生活阅历，也成为我创作的源泉和富矿，真的感觉取之不尽，是我一生的精神财富。

故乡是什么？故乡是和煦的春风，故乡是夏天的扇子，故乡是绵绵的秋雨，故乡是冬日的小火炉，总之，是根，是精神，是灵魂……

2018 年 12 月完稿

2019 年 6 月修订于彭城金山福地